涼宮春日的憤慨

谷川流

既然如此，
我會全面抗戰到底！

有什麼招數！
儘管給我使出來！！

恋愛小説

照紙條上的指示
寫篇稿子交過來。
總編

啊，我有個好主意！

又有什麼鬼點子？

涼宮春日的憤慨
谷川流＆いとうのいぢ
開麥拉！
亮相！

涼宮春日的憤慨

谷川流

涼宮春日的憤慨

CONTENTS

封面、內文插畫／いとうのいぢ

戴著「總編輯」臂章的惡魔

「退稿！」

春日冷冷地丟出這句話，將稿子打了回票。

「不能用嗎？」

朝比奈學姊發出近乎悲鳴的吶喊：

「可是人家想了好久……」

「嗯，不行，完全不能用。了無新意，毫無神來之筆的感覺！」

倨傲的仰靠在團長桌的春日，取下插在耳上的紅色原子筆說道：

「首先呢，起承轉合的『起』部分太稀鬆平常了。『從前從前，在某個地方……』這樣的開場白毫無新鮮感，根本就是陳腔濫調。拜託妳再多用點巧思，開頭部分得引人入勝才行。要知道，第一印象是非常重要的！」

「可是——」

朝比奈學姊戰戰兢兢地說道：

「童話的開場白，不都是那樣的嗎……」

「那是妳的想法太落伍了！」

走到哪狂到哪的狂妄春日，再度駁斥學姊的看法。

「要懂得轉換發想。『咦？這個好像在哪聽過。』一產生這種想法就要逆向思考！才可能衍生出前所未有的全新創意！」

看樣子我們會越來越偏離主流，這全要歸咎於春日異於常人的思考模式。又不是投手要封殺快腿跑者上一壘的牽制動作，也不是東西倒著走就好吧。

「總之，這份稿子不能用！」

春日特意用紅筆在權充稿紙的影印紙上寫下「退稿重寫」四個大字，便將之丟進桌旁的瓦楞紙箱。在那個之前裝滿橘子的紙箱裡頭，如今堆成了一座等待送進焚化爐的廢紙小山。

「再寫篇新的交上來。」

「嗚嗚～」

雙肩下垂的朝比奈學姊垂頭喪氣地回到自己的座位上，一副楚楚可憐的樣子。看到她緊握鉛筆抱頭苦思，強烈的同情心和同理心就油然而生。

忽然間，我朝感受不到任何氣息的長桌一隅望去，堪稱為本社團教室的鎮室之景——看書版長門，現下卻沒在看書。

「…………」

退稿！

她始終默默盯著筆記型電腦的顯示器，整個人有如凝固了般，每隔數秒就會觸碰鍵盤，似乎鍵入了什麼字，凝固了一下之後，又喀擦喀擦敲起鍵盤。然後又回復成人偶擺飾。

長門手上那台，正是遊戲對戰時光明正大跟電腦研究社贏來的戰利品。附帶一提，擺在我和古泉面前的也是同樣的物品，我因為沒想到可寫的東西，CPU散熱風扇已開始發出冷卻頭腦的雜音。而古泉手指輕快動作的模樣和敲鍵盤的聲音，委實讓我有點小不爽。看來這小子倒好，已有腹案可寫了。

只有表明跟機械八字不合的朝比奈學姊，是一筆一劃將自己的字刻在影印紙上，但是她的手也與我同步停了下來。

沒錯。沒有東西可寫，怎麼打得出字來呢？

「好了，大家聽我說！」

就只有春日異常的ＨＩＧＨ。

「快點把稿子生出來，再不進行編輯作業會來不及裝訂！加快速度！快快快！稍微攪一下腦汁就寫出來啦。又不是要你們寫大長篇去角逐什麼文學獎！」

好心情的春日，臉上照樣綻放著不知從哪冒出來的自信之花。在我看來，那無異是等蟲入甕的食蟲之花。

「阿虛，你的手都沒在動！像你那樣瞪著筆記型電腦的螢幕，生得出文章才有鬼！總之你先寫寫看，寫完印出來給我過目，可是要我覺得有趣才合格喔，無趣的話照樣不採用！」

我早先對朝比奈學姊的同情頓時全化為對自身的憐憫。我是招誰惹誰了，幹嘛非這麼累不可？不光是我，坐我隔壁無病呻吟的朝比奈學姊以及坐我對面掛著微笑的古泉，你們是不是該燃起反擊的狼煙了？

算了。對別人的抗議向來右耳進左耳出，正是涼宮春日這位ＳＯＳ團團長的特性。話又說回來，為什麼這女人就可以扮演如此任性妄為的角色？

我的視線從春日一副恨不得將人家的稿子退之而後快的盈盈笑臉移開，看向她手上戴著的臂章。

這塊臂章上平常寫的是團長，一度換上了名偵探和超級導演的字樣，而這會兒則用奇異筆寫上了醒目的新頭銜。

一言以蔽之，就是「總編輯」。

事情要從幾天前說起。

那是學年度末的足音不斷在耳邊響起的第三學期某一天。過去多少會有點徵兆的禍事，那天卻突然在悠閒的午休時光降臨。

「傳喚。」

長門有希如是說。不知何故，在她身旁的是玉樹臨風的古泉一樹。這兩人會同時來到我的教室，縱使我再樂天知命，也生不出一微米的好預感。中斷扒便當作業的我一來到走廊，就想回自己的座位去了。

「什麼傳喚？」

我只能設想她是指叫我出來。當谷口從福利社抱數種麵包和哈密瓜碳酸飲料回來，跟我說道：「阿虛，你的麻吉來了。」結果我一出去就看到這兩人杵在門口。雖說這樣的配對充滿了驚奇，但是單就長門和某人單獨行動這點來看，這個男伴的選擇實在是教人難以心悅誠服。

我望著發出謎樣宣言後就閉口不語的無表情外星女孩，等了三秒鐘之後終於放棄，看向古泉的俊臉。

「你能不能說明一下？」

「當然，我就是為此而來。」

古泉伸長脖子探了探五班的教室。

「涼宮同學暫時不會回來吧？」

那女人第四堂一下課就飛也似的衝出去了，這個時間八成還在學生餐廳啃桌子。

「那正好，這件事最好別讓她聽到。」

我有預感，那也會是我不想聽到的事。

「事情是這樣的——」

古泉刻意將聲音壓低，彷彿事態很嚴重似的。臭小子，你這樣做很樂是不是？

「基本上，樂不樂因人而異。」

「別抬槓了，快說！」

「學生會長有令，今天放學後去學生會室報到。也就是長門同學說的傳喚。」

哦哦～

一瞬間我全了解了。

「終於來啦。」

我不是那種不知分寸到聽聞學生會長的召見令還問號滿天飛的人。這一年來，對ＳＯＳ團校內校外引發的惡行都置若罔聞的學生會，在我看來足以堪稱是慈善機構了。首件犯行是什麼來著？闖入電腦研究社洗劫電腦一案嗎？不，那起案子早在去年秋天遊戲對決後就銷案了。聽聞敗戰後不久，該社社長就無條件撤回了提交給學生會告發ＳＯＳ團的訴狀。

還是拍攝電影時鬧得太過火了？就算是，時間點也隔太久了，校慶過後學生會也改選啦。還是現任會長至今才想起要處理前任會長留下的爛攤子？不然還有一個可能性，就是附近的神社決定通緝我們，而通緝畫像傳到北高了？我就說新年參拜不該像趕場，跑那麼多地方嘛。

「那就沒辦法啦。」

我聳了聳肩，看著主人不在的靠窗最後一張課桌椅。

「以春日的習性，一定會興沖沖跑去跟會長唇槍舌戰，說不定還會演變成大亂鬥。古泉，仲裁一事就交給你了。」

「你誤會了。」

古泉明白的否定了我。

「學生會長要傳喚的不是涼宮同學。」

不是她難道是我？喂喂喂，那就太沒道理了。就算春日的反動力強如鯨鬚製造的彈簧，也不能拉看似好說話的我去當箭靶吧。這種手段太卑劣了！儘管我早就曉得學生會是校方操縱的傀儡，但是知道裡面淨是沒擔當的走狗後還是教人失望。

「不不，也不是你。」

古泉不知在得意什麼，話越說越明。

「學生會長傳喚的，只有長門同學一人。」

你說什麼？越來越沒道理了。雖說長門是個很好的說教對象，不管叨唸什麼，她都會靜靜聆聽沒錯，但是對一個從頭到尾都不予置評的木頭人說教，想必也得不到什麼成就感。

「你是說長門？學生會長嗎？」

「長門是受詞，學生會長是主詞嗎？是的，會長指名要長門同學過去。」

那位長門依然一副事不關己的表情，杵立不動，默然承受我驚愕的注視，僅瀏海微微地動了一下。

「這是怎麼回事？學生會長找長門幹嘛？是要聘她當書記嗎？」

「當然不是，書記早就有人了。」

那你就快講啊！你的DNA裡一定刻有拐彎抹角四個字。

「抱歉、抱歉。那我就簡單扼要的說明了。長門同學被傳喚的理由很簡單，就是聽取文藝社相關活動的報告，並針對社團今後的存廢進行協商。」

「文藝社？那個──」

干我啥事？話到嘴邊，我又嚥了回去。

「…………」

長門身子不動，直視著走廊彼端。

表面上，曾經戴著眼鏡的那張白皙臉龐和當時沒什麼兩樣。在我被春日拖著衝進社團教室時，緩緩抬起來的那張無表情的撲克臉，至今也仍是難以忘懷。

「原來如此，是文藝社啊，這就難怪了。」

SOS團長期鳩佔鵲巢，至今仍霸著文藝社的社團教室不放。而正式的文藝社員打從一開始就只有長門一人，我們只是寄居蟹，講難聽點就是海蟑螂。春日這麼做是為了確保佔有權，但是學生會想必有另一套標準制式主張。

古泉大概也讀出了我的心思。

「學生會有來通知，請長門同學放學後直接去找會長談那件事。不過他們是先通知我，我再代為轉告長門同學。」

為什麼先通知你？

「直接通知長門同學的話，想必她會置之不理吧。」

話是沒錯，不過你跟我一樣，都和文藝社的活動無關啊。

「是無關沒錯，問題是我們的關係沒那麼容易撇清。不管怎麼說我們都太囂張了。不是社員卻佔據文藝社的社團教室不放，從事的又是和文藝完全無關的活動，別說是學生會，任何單位都會頗有微詞……當然，我是就SOS團眾所皆知的行為而言。只是之前的學生會都是睜一隻眼閉一隻眼。」

振振有詞的古泉，臉上的笑容看不出他是站在哪一方。

假如我是學生會執行部的人，也會很想抱怨個兩句，可是為何偏偏是現在？這就好比嫌麻煩又懶惰的一家之主總是提不起勁來修漏雨的屋頂一樣，SOS團在學生會心目中不也是眼不見為淨的存在嗎？

「前學生會是這麼做沒錯。可是，現任的會長就沒那麼好說話了。」

古泉露出白牙微微一笑，眼波流轉，朝長門看去。

當然，長門仍舊毫無反應。但是她的目光焦距已從走廊彼端移到了我的腳邊。感覺上好像在說：抱歉，給你添麻煩了。

當然，我一點也不覺得長門麻煩。這是一定的。每次一有動靜，就開始在空中散播名為麻煩的東東的人，就我所知只有一個。真正的麻煩——

我嘆了一口氣，說道：

「每次都是春日帶來的。」

以後這裡就是我們的社團教室了——從那女人如此吶喊的那天起。

「這件事請務必瞞著涼宮同學。」

古泉如是說。

「不然怕她又把事情給鬧大。所以放學後請你悄悄去學生會室報到，別讓她發現。」

好，我了解了——話一出口，我就想到一個疑點。

「慢著慢著。我幹嘛要去？學生會長找的又不是我，我的臉皮也沒有厚到不請自去。」

當然，如果是長門請我同行，我會非常樂意，但是也不該由古泉來請託。況且，我倒認為長門自己去，反倒能將學生會唬得一愣一愣。

「對方也知道啊，不然怎麼會請我當傳令兵。其實我若自動請纓當起長門的代理人負起全責也未嘗不可，但我又怕身兼數職日後會走不開，況且那一方的代理人業務本來就不屬我的工作範圍。沒錯，平心而論，你才是公認的涼宮同學代理人。」

「直接叫春日本人去不就得了？」

「你是當真還是說笑的？」

古泉誇張的睜大了眼睛。

對於他蹩腳的演技，我冷哼以對。論起對春日的了解程度，我也不在話下。要是將那個炸彈女丟進學生會，絕對不是一聲轟然巨響就能了事。以她在冬季合宿時對長門的關心來看，一聽到學生會叫長門過去的「學生會叫長門」的部分就會拔腿狂奔，如果只是踢破門板直搗學生會倒還好，就怕她一時氣昏頭，對教職員室或是校長室發動突擊也不無可能。或許那女人得那樣做才能消氣，但是事後鬧胃痛的人一定是我。我又不像古泉有靠山，不是家庭因素也能說轉學就轉學。

「那麼，就勞煩你走一趟。」

古泉浮現出早就算準我會答應的微笑。

「我先去跟會長報備一聲，放學後學生會室見。」

趁春日不在時表明完來意後，古泉輕快的移動長腿離開五班教室門口。隨後跟上的長門，逐漸遠離的小小身影映在我眼底，心中開始對即將步入尾聲的高一學年度有了實際的體認。

不管怎麼說，古泉和長門或許都已安於ＳＯＳ團的團員身分。團員們共有的，但得瞞著春日的秘密也逐月增加中……

真是要不得的感傷吧。

拜此所賜，古泉為何甘於淪為學生會長傳信鴿的重重疑點，沒能進入我心中。

言歸正傳，直覺好得可怕的春日察覺到我的可疑行徑——儘管我個人完全不覺得可疑——是在第五堂課的下課休息時間。

背上傳來尖尖的東西戳刺的感覺，我回頭轉向後座。

「什麼事讓你如此心神不寧？」

春日以指尖轉著自動鉛筆繼續說道：

「瞧你一副要死不活的，活像接到法院傳喚似的。」

我早就學乖了，在春日起疑心時，絕對不可以撒虛偽度百分百的謊言。

「是啊是啊，我被岡部大法官傳喚。午休時間特地來把我叫去。」

我以若無其事的表情答道。

「他對我的成績頗有怨言，並給我下馬威。這次期末考如果再考不好，他就要找我爸媽來談了。還說假如我打算升學的話，最好趁早收收心。」

就算要收心，我也無心可收，本來就沒有的東西，要怎麼收？我常因為成績的事被唸，所以這也不算是什麼漫天大謊。谷口也經常被唸，他被唸的內容跟我的一樣換湯不換藥。彼此交換情資得到的結論就是，我們的導師是位相當關心學生前途、視學生如己出的好老師。

況且，谷口的成績和我本來就在伯仲之間，既然那痞子可以如此悠哉，沒道理我得緊張兮兮——想必谷口也是這麼認為，我們對大考的緊張感薄弱得很。我甚至一度認為，成績一直保持在水準之上的國木田才不正常。

「嗳？」

春日手肘撐在桌上托著下顎。

「你的成績有那麼危險嗎？我一直以為你比我還認真聽課。」

說著說著就望向窗外。流雲的速度訴說著風的強度。

別把妳那顆腦袋瓜和我的混為一談。我的頭腦和時空間的扭曲、資訊奔流、灰天暗地的閉鎖空間一概絕緣。若說春日的頭腦是破天荒版，我的就是有如迷你長毛臘腸狗般可愛。

「聽也聽不懂，純粹只是浪費時間。」

我也只能這麼說，畢竟那又不是什麼光彩的事。

「哦～？」

春日又定定望著外面的風景，像是對著不會言語的玻璃窗說話似的。

「這樣吧，我來指導你功課。不用客氣，反正只是將課堂上教的東西再複習一遍，英語閱讀和現代國文兩科，我保證教得比老師教的還淺顯易懂。」

他們有夠遜的！春日自言自語地嘟噥著，她看了我一眼，很快又移開目光。

我思索該如何回答時——

「你看實玖瑠，這會不也手忙腳亂了？明明就是縣立學校，卻莫名其妙朝升學學校看齊，這段期間二年級生可苦了。為了特別補課和模擬考忙得不可開交。難得校外教學剛玩回來，好好的氣氛都泡湯了，既然如此就應該在高一時辦啊。校慶也不該在秋天，應該在春天辦才對。你說是不是？」

她連珠砲似的說完，又回到觀察流雲的表情。看她好像在等我回答。

「就是啊。」

我決定也加入觀雲的行列。

「希望能順利升級。」

萬一不幸真的留級了——

「嘿！涼宮學姊。」

「啊，笨蛋虛。你馬上去幫我買三色麵包，錢回來再給你。」

類似的日常對話就會在社團教室不斷上演，一想到這心頭就升起三把火。為了避免落到那種下場，拜託春日幫我擬一份期末考前大猜題應該不會受罰。等等，把長門拉入考前猜題小組也不錯。一本賣個五百圓想必也是洛陽紙貴、供不應求。小富翁之日指日可待。谷口若要買，我會看在損友的份上，優待他七折就好。

「不行！」

對於我的賺錢提案，春日無情的駁回。

「那樣根本學不到真正的智識，只能應付一時。要是出了九彎十八拐的應用問題，你就死定了。做學問不求甚解就無法觸類旁通，自然容易掉進出題者設的陷阱。不過，你大可放心。只要你這半年好好用功，我保證讓你的成績提升到跟國木田一樣好。」

妳的教學熱情不用燃燒得如此旺盛。我開始想像我汗流浹背的提出解答，「不～對。為什麼這麼簡單的問題你都答不出來？笨蛋笨蛋笨蛋！」春日卻用黃色的擴音器敲打我的頭，且一副樂不可支的模樣。想想還是別自找苦吃的好。

「不懂的地方我再問妳就好了，其他我自己想辦法。」

「你要真的那麼有辦法，哪還需要我幫忙？」

妳講話一定要夾槍帶棍嗎？不過，妳說的也不無道理。

「不然妳說嘛，妳要怎麼做？」

春日噘得老高的嘴轉向正面，猛然探出上半身。

「我的ＳＯＳ團不准傳出有人留級的醜聞。要真變成那樣，學生會的人一定會跑來奚落我們『看吧，活該』之類的。所以為了不讓人說閒話，你的皮得給我繃緊一點，不准給我漏氣！聽到沒有？」

春日怒眉挑得老高、嘴角含笑，五官靈巧擺出喜怒交加的表情，吐出雖不中亦不遠矣的敏銳話語，死命瞪著我，瞪到我死心同意為止。

放學時刻來臨。

我佯裝要去教職員室和春日道別，離開教室後便直接走向學生會室。因為那裡就在教職員室隔壁，不用特意繞道，一下子就到了目的地。

儘管如此，我的身體多少還是因為緊張而微微發抖。

我完全不記得學生會長的臉，接在校慶後舉行的學生會改選，我也只去瞄了一下。當時憑著對各候選人在禮堂發表政見的依稀印象，完全無黨無派的我在選票上寫下最常見的名字，一投完就忘了那個菜市場名。對方到底是什麼樣的人？只能確定他現在是二年級，要參選會長起碼得是學長學姊才有資格。印象中是比電研社社長來得有威嚴。

當我站在學生會室門口猶豫著要不要進去時。

「咦?阿虛!你在這裡做什麼?」

某位長髮女子正好從教職員室出來。她不是別人,正是朝比奈學姊的同班同學兼SOS團名譽顧問,如今已確知大有來頭的高二女生。

再高高在上的大頭,碰到這位,也只有低頭的份。

「嘿!」

對於我運動系社團風的招呼方式。

「哈哈哈!嘿!」

鶴屋學姊綻放超陽光的笑臉,舉起單手打招呼,突然望向我站著的門口。

「怎麼了、怎麼了?你找學生會有事嗎?」

我就是來問有什麼事的,打死我都不可能主動找學生會。

「嗯哼?」

鶴屋學姊用和春日難分軒輊的活潑步伐走到我身旁,附在反射性向後縮的我耳旁說話。以在她而言算是輕聲細語的音量說道:

「嗯~?你——該不會是學生會的間諜吧?」

鶴屋學姊近在眼前的笑臉，多少帶了點認真的味道。就我所認識不管發生什麼事都不忘咯咯大笑的開朗學姊而言，這是幾近陌生的表情。莫名的，我就是覺得有跟她解釋的必要。

「呃……」

鶴屋學姊，妳真是愛說笑。我如果是密令在身的間諜，現在犯得著這麼辛苦嗎？

「說得也是。」

鶴屋學姊吐了吐舌頭。

「抱歉，不該懷疑你。我只是聽到小道消息，外傳這一屆的學生會背後有謎樣人士在暗中搞鬼，你聽過這個傳聞嗎？之前的會長選舉也是暗潮洶湧。雖然很像是謠言。」

我是第一次聽到。很難想像三流縣立高中的學生會會長選舉會有什麼樣的黑幕。應該只是空穴來風吧。雖然聽起來很像是春日會喜歡的學園陰謀物語。

「鶴屋學姊。」

我試著反問學姊。也許我不知道的情報，學姊早就知道了。

「學生會長是個什麼樣的人，學姊知道嗎？」

儘管希望從學姊這裡打聽到一點消息，可是——

「我也不太清楚耶。他是別班的。感覺上嘛，就是那種心高氣傲，頭腦還算精明的型男。用三國志來比喻，就是司馬懿那種人。開口閉口都是如何提高學生的自主性。相較之下，之前的學生會呀，就活像是紙繪的菱餅。」（註：切成菱形的紅、白、綠三色年糕，是女兒節的應景食品。）

即使學姊用知名的歷史豪傑做了比喻，我也沒那個慧根跟得上學姊的思維、捕捉到學姊腦中的影像。菱餅的比喻是否恰當我也不確定。

「對了，鶴屋學姊，妳又為什麼到教職員室來？」

「嗯？我是今天的值日生啊。我來送週報的。」

一臉若無其事的鶴屋學姊，拍了拍我的肩膀，像是故意似的拉開大嗓門嗆聲：

「阿虛學弟你辛苦了！你如果是來找學生會吵架的，記得算我一份！我一定會站在春日喵這邊！」

學姊肯助陣的話，那真是如虎添翼。不過，事情不要演變成那樣是最好。光是想到一發現強敵就大喜過望的春日會使出什麼樣的手段，就死掉我不少腦細胞。我要想的事還多著呢。

掰掰！向我揮手道別的鶴屋學姊，話一說完就大步離開。

解語鶴就是解語鶴，我什麼都還沒說，她就點到了核心。想像力足以和春日匹敵。她也是唯一夠資格和春日搭檔，得以發揮倍乘威力的北高學生吧。不過和惹禍精團長不同的是，鶴屋學姊並未將一般常識拋諸腦後。

不過由這薄薄的牆壁和門板看來，可以想見鶴屋學姊的最後宣言已傳到門內。在這一點上面，她倒是和春日半斤八兩。

算了。縮頭是一刀，伸頭也是一刀。

有道是伸手不打笑臉人，我禮貌的敲了敲門。

「進來。」

冷不防的從內側響起這一聲「進來」。想不到現實生活中會有高中生這麼說話。聽起來就像是西片中替硬底子演員配音的那種深沉老練的嗓音。

我拉開門，生平頭一遭進入學生會室這種地方。

照理說學生會室應該會比文藝社團教室來得寬廣，實際上卻與舊館的社團教室沒差多少。加上裡頭連張擺著寫有「會長」的三角錐的專用桌都沒有，可以說比我們的社團教室還單調。充其量只能算作是間會議室。

已經先來作客的古泉向我一鞠躬。

「謝謝。你來得正好。」

杵在入口附近的，是和古泉並排等我來到的長門。

「…………」

長門伶俐的視線掃到窗際，會長就站在那裡。

那個人……應該就是會長吧。

那是個個子很高的男生，不知何故面向窗外，雙手繞到背後交握、一動也不動。向南的窗口射入的夕陽餘暉成了背光，會長的身影也朦朧了起來。

長桌一角還坐著另一個人，是位女學生，只見她頭垂得低低的，單手握著自動鉛筆，攤開像是會議記錄的記事本待命中。這人大概是書記吧。

會長始終都沒有動作。窗外的風景那麼有看頭嗎？從那裡望出去應該只有網球場和無人的游泳池啊。可是會長仍舊維持著別有深意的沉默。

「會長。」

在適度的空白後，古泉發出清朗的聲音喚道：

「您要找的人都到齊了。請開始說明吧。」

「好吧。」

會長慢條斯理轉過身來，我總算拜見到他的尊容。那是位戴著細長眼鏡框的二年級學生，可說是個美男子，卻和古泉那有如大量灌漿製造的偶像明星臉截然不同。他的眼眸中充滿了出頭天的野心，以及年輕有為的菁英主管不近人情的氣息。我反射性認定，我和這個人永遠也不可能合得來。

接著他又以不同於長門的無表情說：

「古泉應該已經跟你們說了，但我還是要重申一次。叫你們來不為別的，學生會將對文藝社的社團活動下最後通諜。」

最後通諜？以前有通知過嗎？不過，就算有好了，長門也不會理睬學生會的通知。所以我們才能鳩佔鵲巢到現在。

「……………」

會長對長門的無反應絲毫不以為意，他無情地說道：

「現在的文藝社可說是名存實亡。你們同意嗎？」

在社團教室靜靜地看書不算數嗎？我就知道。

「……………」

長門不發一語。

「就社團功能而言，文藝社早已失去其功能。」

「……………」

長門默默看著會長。

「講得更明白一點，我們學生會看不出目前的文藝社有何存在意義，這是客觀地自各層面檢討出來的結果。」

「……………」

長門眼睛直愣愣地望著會長。

「所以，文藝社即日起無限期休社。快點清理私人物品，搬離社團教室。」

「…………」

長門仍舊沉默，一副無所謂的樣子。其實她有所謂的，我知道。

「妳——是長門學妹吧。」

會長泰然自若的接受長門的固態視線。

「擅自答應非社員使用社團教室，又放任社團無所事事的妳難辭其咎。還有，撥給文藝社的年度活動經費，都用在什麼上頭了？妳敢說那部電影的拍攝是文藝社的活動嗎？根據情資顯示，那部電影是由非合法組織ＳＯＳ團掛名製作，在工作人員的名單中根本就沒看到文藝社的名稱。更不用說那部電影的製作未經過校慶執行委員會的許可。」

說到那個可是件苦差事呢。古泉和長門一開始就不打算制止，以致於制止鴨霸春日橫行霸道的工作落到我頭上。當然我會接下那吃力不討好的工作，也是為了拯救被趕鴨子上架演出女主角的朝比奈學姊。

「…………」

從長門的側臉看不出有任何自我主張。不過，那只是一般人的看法。

將長門的無反應誤解為恭順的會長，絲毫不改其自大的態度。

「所以，我們決定對文藝社做出休社處分，到下學年度有新社員入社之前的這段期間嚴禁出入社團教室。沒有異議吧？有的話但說無妨。只需要聽聽的話，我就姑且聽之。」

「……………」

儘管長門的髮絲一根都沒動，但是春日、朝比奈學姊和古泉應該都感應得到。既然他們都感應得到，我沒道理感應不到。尤其我這人對氣氛向來敏感無比。

「……………」

潛入沉默之海的長門——

「……………」

渾身散發著靜謐的怒氣。

「哦。沒有異議是嗎？」

會長的嘴角惹人厭的牽動了一下，但是那張冰塊臉的溫度仍舊不變。

「文藝社只剩長門學妹妳一個社員了，妳就是實際上的社長，只要妳同意，我馬上命人清空異物，進行社團教室的點交。看妳是要將與社團活動無關的東西全運出去丟掉，還是交由學生會保管均可。總之放在裡面的私人物品統統得馬上清空。」

「等一下！」

在長門無言的憤怒達到臨界點前，我打斷會長一廂情願的發言：

「你突然那麼說，我們只覺得很傷腦筋。之前你們都不管，到了這時候才來說這些，太不公平了。」

「你有什麼資格說話？」

會長冰冷的視線朝我掃射而來，嘴角再度冷笑了一下。

「我看過你交上來的同好會設立申請書。說來抱歉，那真是貽笑大方。要是那種馬馬虎虎的內容也能矇混過關、獲得同好會的認可，這間學校就社滿為患了。」

這個學長不只惹人厭，眼睛還長在頭頂上！他做作的用手指推了推眼鏡說道：

「奉勸學弟你回去多念點書、充實充實字彙能力。你尤其該把全部的工夫花在念書上，我想你的成績應該沒好到可以大剌剌的在課餘遊蕩吧。」

果不其然。這個會長一開始就衝著SOS團陰謀搞破壞，要文藝社休社只是藉口。當初要是將電影劇本交由長門編寫，現在不就有個藉口可杜悠悠之口了嗎？說來說去都是春日那個爛導演不好！

「就算你現在說想加入文藝社，也太遲了。」

我還沒想到有這個漏洞可以鑽，會長就已防堵在先。

「聽好了。就算你們以非正式社員身分當了一年的文藝社員也是一樣。我不認為今年文藝社舉辦過什麼活動。你大可捫心自問，這一年來你們都做了些什麼？」

會長的眼鏡莫名的閃閃發光。這是什麼特效嗎？

「這樣的處置算是很寬大為懷了。那叫ＳＯＳ團是吧？你們未徵得許可就擅自組織那樣的團體，實在目中無人、膽大妄為。不只在頂樓放煙火，還恫嚇老師，穿著暴露在校內四處遊走不說，還在嚴禁用火的校舍裡煮火鍋！你們的行徑實在是荒謬絕倫、罄竹難書！你們是唯恐天下不亂嗎？」

對，你說的都對，不容反駁的正確。我們的確有不是的地方。理應要先跟學生會報備的。就算報備了，我也不敢奢望會獲得開拍許可，不過你也別指望我們會對學生會唯命是從。

「這種作法太卑鄙了！」

我打算代長門出氣。

「冤有頭債有主，何不直接找春日過來跟她嗆聲？幹嘛點名長門當替死鬼，讓文藝社成代罪羔羊！」

可是，對方似乎早就料到我會如此反擊。

「這還用問嗎？」

會長完全不為所動。只見他雙手抱胸繼續擺酷，以一副菁英課長看完失態部下提出的悔過書之姿說道：

「我們學校根本就沒有所謂的ＳＯＳ團。沒錯吧？」

老實說，我早就料到會有這麼一天。

就算學生會長或執行部態度再強硬，也不可能讓ＳＯＳ團廢社。因為在書面上，這所學校根本就不存在那麼一個團體。打算消滅本來就沒有的東西，就跟零乘上零還是零的真理一樣，不是胡搞瞎搞到負負得正，就是敲錯了邊鼓導致自己被敲到天邊去。涼宮春日就是那麼一個女生。她的行動就像是瞄準「SPLIT」技術球——明明是解球過彎的保齡球，卻誤打誤撞擊中了隔壁球道的十個球瓶，還把球瓶全部撞個粉碎般不可預期。

即使投直球和那女人正面對決，她也會擊出高速界外球，直搗敵方的休息區（註：休息區的原文DUGOUT另有壕溝之意）——於是，判斷直接槓上她也無用的學生會，只得退而求其次從填平ＳＯＳ團的護城河開始策劃。

也就是將苗頭轉向ＳＯＳ團非法佔據的舊館社團大樓三樓——文藝社的社團教室。

一旦回收文藝社教室、摘除社長資格，ＳＯＳ團的根據地也會自動消滅。我們長期以來之所以有教室可待，端賴唯一的文藝社社員長門那時一句「可以」。這世上除了長門，恐怕沒有第二個人會那麼爽快借人教室了。

要是文藝社就此消滅，長門也不再是文藝社社員，那她在社團教室默默看書的日常景象就會跟著消失，我們五人也會失去放學後的好去處。

這戰略很高明。說實話，我滿佩服的。怎麼看都是我們不對在先，而長門扮演的是挨悶棍的被害者暨連帶責任者的角色。

自知理虧，我連反駁的歪理都懶得想了。不管會長知不知道這一切都是春日起的頭，也不用再追問了，他一定是將這點也考慮進去才會找上長門。

說到長門，這會長門的怒氣就快達到臨界點了。

「…………」

沉默的低氣壓以嬌小的水手服為中心擴及整個室內，明顯得幾乎伸手可及。假如就此放任不管，不知道後果會如何?應該不致於導致世界再度重組，但抽掉這個會長的記憶，變成她的傀儡倒是極有可能。或者是使出對付朝倉的那招資訊操作，將會長連同這間學生會室變成完全不同的物品，也不無可能。長門有希一旦暴走將會如何，想想秋季那場對電研社的遊戲對戰就曉得了。

不知死活的學生會長依然氣定神閒以黃昏為背景裝酷，我內心不斷在天人交戰：該不該告訴會長，現在真的不是裝酷的時候?

「…………」

一度不斷膨脹的不可視氣息，竟無聲無息的消弭而去。

「嗯?」

從長門身上飄裊而出的透明靈光（我感覺到的）神奇的消失了。我不禁看向長門，只見她眼睛眨也不眨，直盯著會長以外的另一位學生會成員。

我也打量起那個人來。

那名正在動筆做會議記錄的女學生，也就是我先前猜測是書記的高二女學生，此時緩緩抬起頭來。

「……咦呃？」

這一聲愚蠢的驚愕是來自於我。

她為什麼會在這？一時之間想不起她的名字……我想起來了，我是在夏天認識她的，因為七夕過後不久發生的那起怪事件。當然，我不是忘了當時見過的人事物，只是那起事件實在是無關痛癢到極點……

「怎麼了？」

會長以公事化的語氣說道：

「啊，我忘了介紹。她是我們學生會的執行部主力，擔任書記的——」

女學生的秀髮緩緩晃動，默默行禮。

「喜綠江美里同學。」

厚重的效果音連同巨大蟋蟀的影像在我腦內深處甦醒。

「喜綠學姊？」

始自ＳＯＳ團網站的異常、中間歷經了煩惱諮詢開張、電腦研究社社長的無故曠課，再跳到異空間，一連串蠢到啼笑皆非的事件關係人，正若無其事的盤踞在學生會一角。

喜綠學姊沉靜地微微一笑，與我四目交接的目光轉向長門。我發現到喜綠學姊一度瞇細了眼睛。好像是在用目光訴說著什麼。最後，甚至連長門都勉強點了點頭。

怎麼回事？這兩人之間產生了什麼心電感應嗎？

仔細想想，那起事件也相當奇怪。喜綠學姊本人自稱是電腦研究社社長的女友，社長本人卻說他沒有女朋友。那麼，喜綠學姊跑來找ＳＯＳ團進行煩惱諮詢為的又是哪樁？我一度還以為是長門搞的把戲哩。可是，看到喜綠學姊出現在這裡，又和長門兩相對望，我就覺得事情絕對不是湊巧。

在我猶如一名游擊少年兵，聽見了斯圖卡轟炸機（註：二次大戰期間，德軍使用的俯衝轟炸機Ju87，通稱SUTUKA）的編隊飛行聲音那般恐慌之際——

磅——！

汽球炸彈爆裂的聲音自背後響起。完全不顧心臟嚇得差點就壓碎肋骨、從胸口飛出去的我的性命安危。

「喂！」

某人緊接著大吼大叫、撞開了學生會室。我敢說，那個噪音源輕輕鬆鬆就超過了100分貝。讓我的鼓膜震盪個不停的那張嘴仍在持續叫囂：

「你這昏庸的學生會長！把我三名忠僕關在這種地方要幹嘛！我就知道你最近會採取行動，有趣的事情一定要先跟我報備！可是你這是在幹什麼？欺負有希嗎？欺負阿虛倒還好，欺負有希我絕對饒不了你！我要將你海扁一頓，再從那個窗戶丟到游泳池去！」

像是小貓被抱走的母貓那樣張牙舞爪而來的……啊～除了那位還會有誰呢。

我不必回頭也一清二楚，但我很想瞧瞧那人現在臉上的表情，就回頭去看。果然。我那位生氣勃勃，渾身散發出「找到有趣的事情了！」的喜悅氣息的同班同學就在那裡。

「千排萬排也不能將我排除在外！我可是SOS團的最高指導者！」

大言不慚的春日一下子就找到最終魔王。整個銀河星團都壓縮在內的銅鈴大眼，瞪向正推著眼鏡的高個子。

「你就是學生會長？好樣的！有種就跟我單挑！團長對會長，酬金（註：FIGHT MONEY。職業摔角或是職業拳擊的選手出場比賽的報酬）也相當。沒有異議吧？」

為什麼春日會知道我們在這裡？我心中這一團再單純不過的疑雲旋即被打得支離破碎。

「喂！阿虛！你還杵在那幹什麼！別因為他是學生會長就有所顧慮！大夥一齊撲上去，將他五花大綁，交給我料理！我負責鎖死他的關節，你去準備繩子！」

那雙眼眸至今仍不斷噴出熔岩，像是要形成火山臼似的噴火燃燒。相對的——

「…………」

長門則像是無視於不請自來的援軍的前線司令官那般按兵不動，休火山的眼眸直視著喜綠學姊。

可是，我並沒有忙著朝學生會長飛撲過去，更沒有急著去找繩索，只是一味觀察飽受闖入者威脅的當事者表情。

那表情說有多微妙就有多微妙。會長眉頭深鎖，用責難的眼神看向我的隔壁。而在那個座標上的，正是古泉。不知何故他似乎微微搖了搖頭，並加送一個苦笑。在我的感覺，這兩人正在進行無言的溝通；恨不得當下就消去那抹感覺很不好的記憶。

「這是怎麼回事！要傳喚也應該先傳我才對！居然將我這個團長排擠在外，這種作法算哪門子學生會！」

「請冷靜下來，涼宮同學。」

古泉不動聲色將手搭在春日肩上。

「不妨先聽聽學生會這邊的看法，會長的話也才說到一半。」

接著又對我使了個可疑的眼色。喵的，你當我有那慧根看得懂啊！

我看得懂的只有一個，就是本團團長春日閣下英姿颯爽的將我們從窘境趕入了絕境。

「既然如此，我會全面抗戰到底！我告訴你，不管是任何人提出的任何挑戰，我們都隨時隨地候教！SOS團裡全是常勝不敗，且絕不容情無所畏懼的猛將！沒見到你哭著下跪求饒，絕不收手！」

這麼一來，使得本來就很嚴重的事態更加沒有轉圜的餘地。

事前就已表明參戰意願的鶴屋學姊、憤怒快達到飽和的長門，加上意外再度登場的喜綠學姊，這樣就已經夠麻煩了說。

附帶一提，古泉和會長的眉來眼去也似乎另有隱情。

「阿虛，你在幹什麼！對方是學生會的會長耶！用膝蓋想也知道他是我們最不共戴天的敵人角色！不在這裡決一死戰要去哪裡戰？拿出毅然決然的態度，瞪死他！」

學生會對SOS團啊……

這種能避則避的活動，八成有人在某處誤觸了開關。希望那個人不是我。

我一面看著春日憤怒捉狂且興奮莫名的神情，一面思索著她又會有什麼驚人之舉。反正一定是驚天動地的那種——這樣的確信在我內心翻騰不已。

「唉唉唉。」

呃，唉～事到如今也只能那樣唉了，不然我還能怎麼唉？

實際上，春日的驚人之舉也的確成了驚世駭俗之舉。

從團長轉型成總編輯的春日，令我們這些團員當起臨時湊合著用的作家創作小說，簡直就像是以「針刺」對空飛彈（註：即FIM-92 Stinger，肩射式地對空飛彈）朝「木星幽靈」號（註：即JUPITER GHOST，出現在《日本沉沒》作者小松左京先生另一部ＳＦ名著《再見了，木星》（直譯）木星風暴中的謎樣太空船）開火那麼另類。

春日活像是搶了別人接到的戰帖，火速趕來戰場找人幹架的街頭小霸王般說道：

「來吧！黑心會長！有什麼招數儘管給我使出來!!我一定奉陪到底！沒有手下留情、沒有主審喊停、沒有觸繩掙脫，沒有規則就是所謂的規則，沒有問題吧？」（註：主審喊停（REFEREE STOP）是拳擊賽中有一方受傷，經裁判認定再比賽下去會有生命危險而中止比賽。觸繩掙脫是摔角規則）

另一方面，會長則毫不掩飾厭煩的神情回道：

「涼宮學妹，我是不清楚妳拿哪一種格鬥技當興趣，但我可不會輕易就踏上敵人搭好的土俵（註：相撲的舞台）。再說妳制定的規則根本就是野蠻的極致，毫無美感可言。基本上就算有再好的理由，學生會也不可能批准校內私鬥。這點妳最好弄清楚。」

春日的眼睛絲毫沒移開會長的臉龐。

「那你說啊，你想比什麼？麻將如何？就算你請來賭神當幫手，我們也無所謂。還是要用電腦玩對戰遊戲？我剛好有不錯的可以提供。」

「不會有方城之戰，也不會有遊戲對戰。」

會長刻意摘下眼鏡，用手帕擦了擦，又重新戴上。

「我本來就沒和妳比劃的意思。再說我們也沒那個美國時間陪你們玩遊戲。」

就在春日勇猛的抬腳撲上去之際，我及時抓住她的肩膀制止。

「等一下，春日！妳是聽誰說我們在這裡的？」

春日逞兇鬥狠的目光瞪向斗膽提問的我。

「我聽實玖瑠說的。而實玖瑠是聽鶴屋學姊說的。我一聽說學生會長找你，就猜到是怎麼回事了。加上有希和古泉又都不在社團。啊哈──！這下我更確定學生會採取行動了。他們一定是怕講不贏我，才會找最弱的一環下手。這是卑鄙小人才會用的手段！」

儘管被罵作小人，會長仍無動於衷。這位身材修長的二年級生先是不耐煩的打量春日，爾後又對古泉投以責難的目光說道：

「古泉學弟，你來說明我為何叫長門學妹來的理由吧。」

「好的，會長。」

最愛說明的古泉苦笑了一下，欣然開口之際──

「不必了。」

春日斷然拒絕。

「反正一定是想摧毀文藝社才故意來找碴！一旦有希不再是社員，那間社團教室就無法使用了。他們一定是看準有希這丫頭憨直的個性，以為三言兩語就能隨便打發。想到這我就更加不爽！覺得SOS團礙眼，就直接衝著我來，別在暗中搞鬼！」

春日越說越激昂。但我還是不得不佩服她敏銳的直覺。這樣子就算古泉想說明也無從說起了，想必他一定很失望。

「謝謝，這樣我就不用多費唇舌說明了，就是這樣沒錯。」

古泉裝心安的笑臉並未垮下，又接著說道：

「不過，這件事才談到一半。想必會長也還有話要補充吧。不管怎麼說，一點緩衝期都不給，就直接逼學生會正式認可的文藝社休社實在說不過去。個人認為學生會也不是那麼專制強權……我說的沒錯吧，會長？」

結果還不是解說了起來，就當是在看一齣此地無銀三百兩的三流戲碼吧。而會長也十分入戲，擺出一副優等生的面孔說：

「當然，站在學生會的立場，我們也不想過度干涉。假如文藝社能盡文藝社本分好好運作下去，學生會自然不會有半句怨言。問題是，至今沒有半個活動是以文藝社的名義舉行的。」

「除了強制停止社團活動之外，是否還有別的替代方案？」古泉反應靈敏的接話。

「沒有替代方案，只有交換條件。」

會長的口氣越加不耐煩。

「只要文藝社盡快舉辦一個活動即可。那我可以暫時凍結無限期休社的執行命令，也會認可社團教室的存續。」

春日抬起的前腳放下了，不過她的表情和聲音還是維持著戰鬥狀態。

「你還滿通情達理的嘛。何不乾脆連ＳＯＳ團也一併認可？再破格將同好會升格成研究會如何？那麼一來，我們也能申請社團經費啦。」

學生手冊上是這麼寫沒錯。可是妳口中的昏庸會長應該沒有昏庸到會讓連同好會都算不上的團體一下子連跳兩級才是。

「我不知道妳說的是什麼團。要我們認可根本就不存在的團體為社團，並於不甚寬裕的預算中分一杯羹無異是癡人說夢。」

慢條斯理雙手抱胸的會長，坦然接受春日死光的瞪視。臉上一滴冷汗都沒冒，足證會長不是在虛張聲勢。他那份氣定神閒是打哪來的？

「在我面前最好別再提那些有的沒的團。目前話題的焦點是文藝社。我怎會知道你們在未經許可的狀況下組了什麼樣的團體。現在會有這麼多我不想聽到的事傳到我耳裡，歸根究柢就是文藝社出了亂子。罩子放亮點，別再製造我的不愉快了。」

那你何不放牛吃草、眼不見為淨更好？就算使出再迂迴的手段，春日突擊學生會室是遲早的事。起碼今天之內她一定會殺到學生會，而且是揪著我的領帶連拖帶走。

「至於文藝社的活動，當然，不是任何活動皆可。在社團教室開讀書會，撰寫指定書籍的感想文——類似小學生辦的活動一概不予承認。因為我不認同。」

「不然要做什麼？」

春日的目光不動，頭部略微傾斜。

「阿虛，文藝社除了看書之外還能做什麼？你知道嗎？」

「不知道。」

我是真的不知道。關於那方面還是請教長門來得好。

「條件只有一個。」

會長無視於我們的談話，繼續說道：

「就是製作機關刊物。根據學生會的紀錄，歷代文藝社即使苦於社員不足，每年也會出一本。作為眼見為憑的有形活動可說是最一目了然的。文藝社顧名思義，就是以文字表達藝術的社團。閱讀連其中小小的一環都稱不上。」

照他這樣說來，長門這一年根本就沒盡到社員的義務。如果閱讀不算數的話……我是說這位長門喔。

不由自主甩甩頭。我可不想在這時候憶起那位坐在舊型機種電腦前，面露困惑的眼鏡版文藝社社員。偶爾出現在夜晚的夢中就夠了。

「你不服嗎？」

對我的動作，會長似乎會錯意，露出遠比我還要更不服的神情。

「別忘了，這已是我最大的讓步。本來應該在校慶時就要告知了，一直到這時候才下最後通諜，你們真該對我磕頭謝恩。換作別人當會長，才不管你們的死活。」

我和長門隨你管，春日就拜託放她去吃草吧。

「那怎麼成，當初我就是打出校內改革的競選政見，才得以在學生會會長選舉中勝選。相信你們也知道，之前的學生會根本只是徒具形式，學生的自主性蕩然無存。充其量只能算是遵循教職員室的預定行事曆，認真執行校方指令的空氣組織。」

會長語調平穩地滔滔不絕起來。

「我的目標就是讓學生會跳脫那樣的形象。只要是學生的希望，即使是增加學生餐廳的菜單選擇，或是充實福利社的商品內容等等，再雞毛蒜皮的小事我也會整理成議題上報，與校方對壘，逐步實現學生自治的理想。」

你為學生如此盡心盡力，我的確感念在心。既然如此，何不從聽取某位學生的心願，認可

「同好會」和「研究社」之外的「團」開始做起？

「我一向把認真改革當口號。要是讓那種形同兒戲的團體取得官方認證，我會名聲掃地，豈能認可！」

駁回我的希望後，會長又說：

「限期一週，一週後的今天要備好兩百本裝訂成冊的文藝社社刊，否則文藝社就得照我今天說的即日休社，社團教室點交繳回，所有陳情一概不予受理。」

那個社刊是什麼東西？類似文選集的刊物嗎？

「好！」

春日一口答應。喂喂，妳怎麼搶了長門的台詞啊？

當然，長門仍是一言不發。看她也沒有發言的意思，由春日代為發言未嘗不可，但我總覺得長門現下的沉默，和平日的靜默有些微不同。

「……………」

長門一直面向喜綠學姊，兩人的目光始終沒有移開彼此。長門是面無表情，喜綠學姊臉上則帶著一抹淡淡的微笑。

我完全不知道那是怎麼回事，而春日完全沒有察覺站在那裡的，就是SOS團頭一位、也是唯一一位委託人喜綠學姊，堪稱是不幸中的大幸。或許是她太熱衷於和會長進行視殺戰，沒工夫理會書記吧。也可能是她不記得喜綠學姊的臉了，畢竟當時她也無緣得見巨大蟋蟀。

春日以有如準備著手解題的數學家神情說道：

「社刊……社刊啊……做成像同人誌那樣可不可以？就是刊有小說、隨筆、評論專欄或詩歌之類的刊物。」

「內容不拘——」會長說道。「印刷室也隨你們使用，想寫什麼是你們的自由。不過，我有第二個條件：印製完畢的社刊得放置在迴廊的長桌上，供人自由取閱。當然是免費贈閱，不過只准擺著，招攬客人或是主動發放的行為一概不准，扮成兔女郎更是不可以。總之就是採開架式陳列，若是在三天內沒有索閱一空，就要予以處罰。」

「什麼樣的處罰？」

對懲罰遊戲向來樂此不疲的春日眼睛一亮，感興趣地傾身向前。

會長顯得很不耐煩地說：

「到那個時候，我自然會公布。不過你們最好有心理準備，我手上有好幾個單位能提供義工。我再重申一次，這已是很大的讓步了。」

會長大概是考量到萬一做得太絕，難保不會惹來殺身之禍吧。就算不溫習赤穗藩的歷史也應該能推測得出來。何況對方又是春日。我不認為砍下會長一人的人頭就能消她心頭之恨。一個弄不好，滿校抄斬都有可能。（註：赤穗藩四十七浪人的故事，也就是日本家喻戶曉的「忠臣藏」。）

這究竟是妥協或讓步，就留待後世去評斷。總之學生會為了避免激烈反彈，提出的緩衝手段就是「發行機關刊物」。

這裡所說的機關刊物，跟古泉背後撐腰的機關可一點關係都沒有，換言之就是社刊，文藝社發行的。也就是以文字表達藝術的社團的活動性產物。那到底是什麼樣的東東？由誰來寫？又要寫什麼？不不，最重要的是我該如何看待，一頭熱的春日？

「好像很有趣！」

春日綻放出小孩剛學會新把戲的笑容。

「機關刊物也好、社刊也罷、同人誌也無所謂。既然你說不做不行，我就做給你看！這也是為了有希。文藝社萬一沒了也是相當傷腦筋。畢竟那間社團教室早就是我的所有物，我最討厭自己的東西被搶走了！」

春日的魔爪不是伸向我，而是伸向長門的衣領。

「走！既然事情已成定局，就快點回去開會。有希，版權頁的發行人就打上妳的名字，其他的部分我自然會幫妳運籌帷幄，不用擔心。就先從機關刊物的製作方法調查起吧！」

春日一把抓住長門的後領。

「…………」

她當默默佇立的長門是氣球似的拉了就跑，接著砰隆一聲打開門，以來福彈的起始速度衝了出去。

我回頭一望，只見到長門浮在半空中的指尖，下一秒就不見人影了。像一陣旋風颳進學生會室的春日，這會兒又像強颱過境般橫掃而去。

說了句再實在不過的感言後，會長搖搖頭，朝一旁的長桌看去。

「這女人真聒噪。」

「喜綠同學，會議記錄到此即可，妳可以退席了。」

喜綠學姊點了點頭，闔上會議記錄，站起身將記事簿放回書架，輕輕對會長頷首之後便走了出去。

與我擦身而過時，她輕輕的低下頭。就那樣，我們眼神並未交會，學姊便朝著春日打開的門直走出去。飄揚的髮絲散發出無比的香氣，令人目眩神迷。

在我開始對長門和喜綠學姊的關係天馬行空想像之際，會長冷哼了一聲，說道：

「古泉，把門關上。」

語氣和先前的調調差了十萬八千里，我又將目光移向會長。

確認古泉已關上門、並上鎖後，會長拉了把附近的鋼管椅一屁股坐下，然後抬起雙腿放在桌上。

啥？

可是，更驚人的還在後面。會長皺著臉摸索制服的口袋，取出像是香菸和打火機的東西，接著又叨在嘴上點了火，只見紫煙裊裊上升。

那實在不像是學生會長該有的行為，我的心情好比撞見了消防員縱火。

「這樣就行了吧，古泉。」

會長叼著菸，摘下眼鏡收進口袋裡，又拿出攜帶型菸灰缸。

「雖然稍微更動了預定，但我還是照你的吩咐辦好了。讓我幹這種蠢事，簡直是找我麻煩嘛。拜託你也為我著想一下，用嚴肅的口吻正經八百說話很累耶。」

他吞雲吐霧起來，並將菸灰抖落在菸灰缸裡，方才的冰塊會長一下子全煙消雲散。

「什麼學生會長，我才懶得當哩！簡直自找麻煩，而且還得和那個成天胡思亂想的鬼靈精周旋，真是無聊透頂！」

一轉眼又在鬧彆扭的會長，抽了幾口菸後，似乎覺得味道不太好，又將菸蒂押在菸灰缸邊緣捻熄，接著東摸西摸摸出一根新菸遞給我。

「要不要哈一根？」

「不用了，謝謝。」

我搖搖頭，眼角餘光順道射向古泉微笑的側臉。

「這位會長是你的同伴嗎？」

答案應該是。看這兩人不時眉來眼去，何況真要找文藝社的話，不必透過古泉，直接召長門來即可。用膝蓋想也知道，學生會根本就沒有理由把我也抓來。

古泉承接我的目光，面帶炫耀地笑著回答：

「他的確是我的同伴沒錯，但並不是像新川先生或森小姐那樣的同伴。他並不直屬於『機關』。」

古泉看了看將第二根香菸的煙吹向天花板的會長一眼。

「他是我們校內的合作對象。我透露原因到某種程度，在附帶條件下得到他的鼎力相助。若說我和森小姐他們是負責供奉神佛的大殿，他負責的就是供信徒禮佛的外堂。」

我管你們是做內場還是外場，幹嘛一定要學生會長演這齣戲？

「那可說是我費盡心思安排的結果。首先要說動完全不想進學生會的他出馬競選，再跟前學生會推薦的最有力候選人爭奪票源，競選期間還扛下布樁的工作，並處心積慮讓他的民調升高，最後千辛萬苦才將他拱上會長的寶座，說是費了九牛二虎之力也不為過。」

我聽得瞠目結舌。

「為了讓他順順當當贏得會長選舉，在這期間所砸下的花費，幾乎和跟政黨因應國會解散改選的經費差不多。」

我不只瞠目結舌，還越聽越沒力。

「按照那位古泉的說法——」

會長不悅地繼續吞雲吐霧接著說：

「他得搶在涼宮那個蠢女人產生奇怪的發想前，事先安插一位和她想像相去不遠的學生會長。換句話說，我是因為長了一副會長臉才被抓來演這個角色，還得戴上平光眼鏡，天底下有這麼蠢的事嗎？」

你現在才知道。

「我將涼宮同學心目中的學生會長形象做了一番綜合性的檢討，發現這所高中外型最符合的就是他。這時候資質不重要，重要的是長相和氣質。」

聽了古泉的說明後，我也不禁有些認同了。

戴著眼鏡、身材瘦高、相貌英俊，自大得莫名其妙的高年級學長，仗著學生會長的威名欺負弱小的文化社團，正符合春日心目中的惡人形象。

他正是春日所期盼的那種行事明快俐落的惡人角色。

可是，既然得如此辛苦才能打造出春日想像的學生會長，可見春日也沒萬能到哪去嘛。那女人要真是全知全能的造物神，不用動手腳，她心目中的學生會長也會應運而生。你這一番辛苦布局，不正是春日非神論最好的證明？

「可是在我們的努力之下，的確打造出涼宮同學理想中的學生會長。就結果論而言，她果然還是能心想事成。」

這小子就是愛抬槓。口才能贏過古泉的，大概只有鶴屋學姊了吧。

會長心浮氣躁的捻熄菸蒂，說道：

「總之，古泉。明年換你出馬競選接我的位子。要防止涼宮出馬競選的話，下次就由你自己出來選。」

「到時候再說吧。我自己的事情就夠多了，不過以涼宮同學如日中天的聲勢，相信以一年級之姿選上會長也不成問題。」

大大有問題。萬一因此引發了春日征服學校的慾望怎麼辦？我甚至有種預感，到時候連我們都會被拖進麻煩的漩渦裡。說不定她大小姐還會搞出一個北高學生總ＳＯＳ團化的計畫來。按照那女人的思維，一旦她當上學生會長，肯定會將全校學生皆視為部下來奴役。屆時恐怕整間北高都會化成異空間。

不過呢，只要是循正當的方式投票，憑春日的人望是不可能坐上學生會長寶座的。我對北高學生的常識與良知還有點信心。古泉不要居中搞怪的話，就算競選活動辦得再浩大，春日都不可能君臨北高學生。

我嘆了一口氣說：

「古泉，這次的劇本是你寫的吧。學生會意圖擊潰文藝社——表面上是如此，實際上是為了撤下讓那女人打發時間的種子。」

「正是，我是在撒種。」

古泉吹開飄過去的煙霧。

「接下來會怎樣尚是個未知數。社刊能如期出刊就好，要是趕不及或是未符合學生會開出的條件……」

他輕輕聳了聳肩。

「到時候，再想別的遊戲就好。也歡迎你加入智囊團。」

以觀察員身分參加當然是沒問題。若要我當自找麻煩的那種決策者，我可敬謝不敏。做那種事基本上對我又沒好處。

「我之所以願意當學生會長——」不良會長說道：「自然是有好處。最吸引我的就是在校表現評量表的分數。那才是古泉說服我合作的最大賣點。到時候會給我一張漂漂亮亮、有利於報考大學的評量表——這可是你說的，別說你忘了。」

「我當然記得，自然也會處理得包君滿意。」

會長對古泉投以審問可疑人物職業的目光，從鼻子冷哼一聲，說道：

「那就好。儘管這個學生會長我是當得不情不願，但是做了幾個月下來也多少有點心得。以前的學生會幹部還真全是些沒用的飯桶，有跟沒有一樣。換句話說，今後我想胡搞瞎搞都沒人管了。」

會長總算笑了。雖然笑得有點惹人厭，但比起先前那張冷靜假面來得有人味多了。

「『注重學生的自主性』真是個好題目，一個可以借題發揮的好題目。尤其說到預算，我整個興致就上來了，學生會長真是個巧立名目撈油水的肥缺啊。」

這個黑心會長還挺稱職的。不愧是春日看中的那一型，有夠小人的。

古泉也面不改色地說：「稍微濫用職權是沒關係，別太得意忘形就好。即使背後有我們撐腰，也不好做得太超過。」

「我知道，我不會笨到讓師長們發現，執行部的人心也都籠絡完畢。我早在前朝老臣開口碎唸前，找個理由將他們打發掉了，現在學生會裡頭沒人敢跟我嗆聲。」

我開始喜歡這個會長了。雖然他的話讓人不敢領教，卻莫名有一股奇妙的吸引力。跟著這個男的好像也不錯……

鶴屋學姊嚴肅的神情和警告的話語突然浮上我心頭。事到如今才知道，在走廊遇見的學姊當時所說的話可真是一針見血。那位擁有敏銳第六感的人士，早就察覺現任會期的學生會和這位會長的當選有重重黑幕。學生會的間諜——不是我，是古泉啊，鶴屋學姊。而且他不只是間諜，還是幕後黑手喔。

這個會長會不會中飽私囊、無惡不作，其實我都無所謂；只是萬一春日察覺了，很可能會立刻發動罷免，推舉鶴屋學姊當下任會長。而鶴屋學姊想必也會大笑三聲，與春日並肩作戰，進駐學生會吧。到時我和古泉都會自動站在春日這一邊，會長就失勢了。

會長閣下，做人還是低調一點，在暗處活躍就好。你若想幹虧心事，也拜託暗地裡進行，別讓我們看到。

算了，想必不用我提醒，他也會那麼做。這個人應該可以演好不時找春日麻煩的角色。只求他別惹虎不成，殃及無辜就好。

和古泉並肩走出學生會室，在校內漫步、返回社團教室時，我想起了一件非問不可的事。

「我知道會長是聽你的命令行事，那書記呢？那位喜綠學姊也是你安排的暗樁嗎？」

「不是。」

古泉一臉無辜地說：

「喜綠學姊不知從何時起就是書記了。當我注意到時，她就在學生會了，但我對她真的沒有什麼印象。我只依稀記得，現任學生會初期是由另一位學生來當書記。可是後來我調查了一下，所有的文書紀錄都顯示她打從一開始就是書記，大家的記憶也是。包括會長在內，沒有一個人對她的存在有疑問。就算記憶被竄改過，那也是超越常識的竄改。」

既然知道是超越常識，你的語氣應該要顯得更驚奇啊？

「這樣就嚇到的話，萬一日後遇到更令人驚奇的事，我的心跳豈不瞬間就停止了。」

古泉信步走著，臉望向走廊的窗戶說道：

「喜綠江美里學姊肯定是長門同學的同伴，不會錯的。」

我也是這麼想。巨大蟋蟀出現時喜綠學姊跑來委託，怎麼想時機都太巧了。純粹將那件事當作是長門布的局是說得通，可是就這次情況而言，剛才的相遇應該不是碰巧。她們的關係究竟怎麼樣？實在讓我很掛心啊～

「是因為有朝倉涼子的前車之鑑吧。不過你實在不用那麼擔心，喜綠學姊和長門同學的關係似乎還算親近，至少沒有彼此對立。」

你怎麼知道？我就看不出她們關係還不錯。不過也不像很差就是了。

「希望你對我們『機關』的情報收集能力有信心一點。雖說不多，但『機關』確實接觸過幾位和長門同學一樣的TFEI，意圖和他們進行溝通。他們當然不肯合作，但是從會話的片段中還是可以推論出大概。喜綠學姊似乎是資訊統合思念體不同於長門同學隸屬的另一派派來的。和朝倉涼子不同的是，她並不具攻擊性。」

古泉的口氣輕鬆得像在閒話家常，我也一副像在聽街坊鄰居的八卦似的，說來有點怪異。

不過這種情形也不是現在才開始，所以我和古泉都不引以為意。

我曉得外星人百百種，但萬萬也想不到喜綠學姊會是其中一種。從她在學生會室勸諫長門熄滅心頭火一事來看，她是屬於穩健的那一派吧。

「有可能，在我的判斷是不用太在意她，我認為喜綠學姊只是長門同學的監察員，何時開始的我不曉得，但目前她所扮演的應該是那樣的角色。」

古泉以像是在遠足爬山中的聲音說道，我也沒有再追究下去。在我心中有太多太多和長門相關的回憶了，而且大部分都是我想要深埋在心底的。儘管我是ＳＯＳ團的一員，也沒必要對古泉詳加說明。只要自己一人靜靜地回想，就能將記憶不斷重覆播放。

我不禁沉默了下來，加快腳步邁向社團大樓，古泉也閉嘴跟了上來。

光怪陸離的資訊一件接一件輸入，一定都是對後面才聽說的比較有印象。

但這並不表示我將前面的事情都給忘了。

我沒有忘記抓著長門飛也似衝出去的春日就在這棟大樓裡。

我只是想事情想得出了神，注意力全放在不法學生會長和喜綠學姊身上。

直到拉開文藝社的門，被春日當頭一喝，我才從白日夢狀態中恢復過來。

「你真慢，阿虛！古泉也是！你們幹什麼去了？時間已經所剩不多，你們還這樣！再不快點著手就來不及了！」

這種興高采烈的神情我不是第一次見到。不管是什麼，每次一決定好目標，春日一定會露出這種神色。

「我拚命翻找文藝社發行過的社刊，可是有希說她也不知道。」

那位長門正獨自坐在長桌一角，目不轉睛盯著電腦研究社放在這裡的筆記型電腦螢幕看。

「請問……」

神情困惑的朝比奈學姊，身著女侍服侷促不安的站著。

「我們……是要出書嗎？呃，那要寫什麼東西呢……」

這個我也沒忘記。學生會長提出的條件就是製作文藝社的社刊，春日也無條件接受了。一切全是為了長門，長門是碩果僅存的文藝社社員，也是社團教室被其他社外人士霸佔的某校內非合法組織的團員之一，可是在該團團長一口允諾下，製作社刊就成了ＳＯＳ團該負的連帶責任。也就是說責任的一端就落到了我的頭上。而社刊這種東西是要有人寫才能出刊的，那個寫手除了包括我在內的團員以外，你說還會有誰？

「好！大家來抽籤。」

四個折好的紙條平躺在春日的掌心上，很像是教室換座位時抽的那種紙籤。我內心不禁納悶抽這紙籤是要決定什麼，才拿起其中一個，就見到春日露出不懷好意的邪笑。

待古泉饒富興味、朝比奈學姊則是戰戰兢兢的抽走紙籤後，春日就將最後一籤交給長門。

「照紙條上的指示寫篇稿子交過來，要刊登在社刊上的。類型決定好後就趕快就座！開始動筆寫作！」

不好的預感貫穿頭頂的我，打開筆記本撕下的紙作成的紙籤。春日的字像是活魚拼盤上的魚躍然紙上。（註：活魚拼盤是一種生魚片料理。廚師將活生生的新鮮魚料頭尾保留，中段切成生魚片，再整尾裝盤好後，端上桌供客人食用）

「戀愛小說。」

我逐字讀出聲音，旋即陷入煩惱狀態。戀愛小說？我要寫戀愛小說？我要寫那種東西嗎？

「是的！」

春日露出乘人之危的策士笑容。

「這是光明正大抽籤決定的結果。陳情一概不予受理。阿虛，你還愣在那幹嘛？快坐到筆記型電腦前面呀。」

定睛一看，長桌上已備好我們四人份的筆記型電腦，且開機完畢。準備得如此周到固然可省下不少時間，但是寫作這種東西又不是叫你寫就寫得出來。

我開始覺得自己拿在手上的紙條，活像是一顆拔掉插銷的手榴彈。

「古泉，你抽到什麼？」

可以的話，我想和你交換——我的提問中也蘊含了這樣的求救訊息。

「懸疑推理……上面是這麼寫的。」

古泉爽朗的笑容依舊，表情也不見特別困擾。反倒是朝比奈學姊，照常浮現出困擾的神情說道：

「我抽到的是童話。童話就是那種小朋友在看的，呃，也就是睡前聽的故事對不對？」

我並沒有回話。懸疑推理和童話啊……和戀愛小說比起來哪個好？

我看向長門。靜靜打開紙條的她，一注意到我的視線，就輕巧的翻轉手腕讓我看春日活潑的字。上面寫著「恐怖幻想」。

我一時還想不明白恐怖幻想和懸疑推理有何差別時——

「幸好不是戀愛小說，不然我就頭大了。那種東西打死我都寫不出來。」

古泉的一番話觸怒了我的神經。顯然他非常老神在在。是有什麼撇步讓他如此安心嗎？

「很簡單。我只要將去年夏天或今年冬天舉行的推理遊戲，像在改編真實案件一樣寫成小說就行了。反正劇本本來就是我擬的。」

古泉一臉滿不在乎的走向長桌，游刃有餘的開始操作筆記型電腦。長門的目光始終定在液晶螢幕上動也不動。可能是在思考何謂恐怖幻想，也可能是在思索喜綠學姊的事。

相信不用說明，大家也該曉得朝比奈學姊眼中全是不知所措的問號，我也差不多。不過仔細一想，紙籤只有四個，而ＳＯＳ團總共有五個人。

「春日。」

我對著站得有如吸進笑氣的仁王神像（註：仁王為兩尊掃除邪魅的神，形象威武，守衛在佛寺山門左右）的團長說：

「妳要寫什麼？」

「是啊，我會寫的。」

春日坐在團長桌上，拿起桌上的臂章。

「可是，眼前我還有更重要的工作要做。大家聽好了！製作一本刊物，似乎要經過許多作業流程。中間的過程就需要有人來監督了。我就自告奮勇接下這個職務吧！」

春日俐落地戴上臂章，傲然地挺胸發表宣言：

「從今天起一週的時間，我將暫時封印團長的職務。既然這裡是文藝社，自然有更適合我的頭銜。」

閃耀的新臂章已經說明了一切。

就這樣，春日毛遂自薦當起總編輯，無視我和朝比奈學姊的茫然失措，開始大放厥詞：

「好了！大家快上緊發條，努力工作！別再抱怨那些有的沒的，總之給我寫就對了！要寫些有趣的。」

春日不可一世的仰靠團長桌，以睥睨的目光看著可憐的團員們。

「當然，要我覺得有趣才能放行！」

於是——

自那天起一週的時間，經常窩在文藝社社團教室，卻對文藝社毫無貢獻的我們，立即正式投入文藝社的活動。

當中最勇往直前的，堪稱是朝比奈學姊了。雖說童話這個主題很適合這名不食人間煙火的學姊，但要是隨便叫一個人寫就寫得出來的話，那誰都能當童話作家了。

不過話又說回來，朝比奈學姊確實是個很努力的人。放眼望去，長桌上淨擺著她從圖書室借來的書，學姊也以認真的態度啃著那堆書山，不但便利貼貼得書上到處都是，手中的筆桿搖得更是勤奮。

另一方面，翻翻從漫畫研究社借來參考的同人誌，一個人不知在笑什麼；或是用團長桌上的桌上型電腦上網瀏覽，則成了春日的主要工作。

朝比奈學姊陸續交稿，而春日也接連退稿。

「嗯——」

春日煞有其事的故作沉吟，將呈現虛脫狀態的朝比奈學姊交出的不知第幾遍的稿子看完後說道：

「大致上是越來越好，不過就是缺少了令人驚豔的感覺。對了，實玖瑠，妳試著補上插畫看看，做成像繪本那樣。這樣不僅能豐富版面，也能增添文章的可看性。」

「要畫畫是嗎？」

一聽到這更加強人所難的難題，朝比奈學姊都快哭了。可是要春日總編輯收回成命就像要她的命，朝比奈小可憐只得一把鼻涕一把淚陷入畫圖的窘境。

這下生性認真的朝比奈學姊，又跑到美術社上素描課，去漫研社學習四格漫畫畫法，賣力得直教旁人抱不平。當然她連泡茶的餘裕也沒有，所以這陣子我只得默默喝著自己或古泉泡的索然無味的綠茶，過一天算一天。

想當然爾，我的戀愛小說也沒生出來。假如要寫貓咪觀察日記，我倒是有幾則不錯的題材可寫。

下筆如有神助的只有古泉，長門也是有一搭沒一搭地敲著鍵盤。遊戲對戰時的高速盲打，至今回想起來猶如虛構，看來將腦內資訊轉化成語言並非長門的強項。我開始認為那是無口女無口的由來之一了。儘管如此，我對長門筆下的恐怖幻想作品還是興趣不減，正當我要偷窺她的顯示器時——

「……………」

此時，長門立刻將筆記型電腦轉向另一邊，並抬起頭來迎視我的眼睛，面無表情地捍衛她的螢幕主權。

有什麼關係，借看一下啦。

「不行。」

長門吐出兩個字後便不再發言。每當我想偷看，她總會在絕妙的時機轉變筆記型電腦的角度，而且屢試不爽。我開始覺得有點意思了，於是我在長門身後反覆跳來跳去好一陣子，但我的反射神經始終沒贏過長門，最後——

「…………」

長門無言的視線呈直角刺來、輕鬆將我逼退的一刻終於來臨。我乖乖回座，轉而進行上頭一個字也沒寫的文書處理軟體白色畫面的監視作業——

總之呢，這幾天待在社團教室裡差不多就是重覆這些事情。

再哈啦下去就進入死胡同了，固然有點偷跑的意味，在此還是率先介紹朝比奈學姊的童話繪本，稍微轉換一下氣氛吧。

在春日總編輯連續退稿的攻擊下，朝比奈學姊硬著頭皮接下插畫任務，絞盡腦汁擠出來的這篇作品，在我不忍看學姊為用詞遣字苦惱不已並加以建言之下，最後由總編輯親手加筆修正而成的。

話不多說，先來看看這篇作品吧。

❶

沒有很久很久以前，而是在不久之前。

某個小國的森林深處，有一間山林小屋。

裡頭住了白雪公主和七位小矮人。

那位白雪公主並不是被逐出家門，而是自己離家出走的。好像是城堡裡的生活太無聊了。白雪公主的國家小歸小，好歹她也是位公主，將來註定會成為政治聯姻的活道具。誰喜歡那樣呀！白雪公主也不喜歡。

不過，白雪公主也漸漸厭倦了森林中的生活。

多虧小矮人的好心收留，衣食住都不缺的白雪公主，和森林裡的動物成了好朋友。但她也漸漸體會出，住在城堡裡也有城堡的好處。

雖然離家當時任性地說走就走，但是城堡裡的人個個都是好人，政治聯姻也是不得已。在群雄割據的時代，小國為了生存，都得送人質到強國締結同盟、換取和平。

2

同一時間，在森林附近的大海自在優游的美人魚，救起了遇到船難落海的王子。

美人魚將王子運到岸上，昏厥的王子仍沉睡不醒，不管怎麼叫他都沒用。於是不知如何是好的美人魚，決定將王子帶到白雪公主那裡。

原來自從白雪公主來到森林後，兩人就成為好朋友了。美人魚憶起白雪公主曾跟她說過：「如果發現有趣的東西，請帶來給我」。

美人魚請好心的魔女將她的尾鰭變成人腳，就背著失去意識的王子來到小矮人的小屋。

見到美人魚帶來的王子，白雪公主並沒有大喜過望。她指的有趣事物和美人魚想的不太一樣。何況沉睡不醒的王子也不會做有趣的事情……

雖然看護工作剛開始挺有趣的，不過白雪公主很快又厭倦了，因為王子都沒有醒來，王子的那張睡臉她也看膩了。

「用力敲他的頭，說不定會醒過來喔？」就在白雪公主突發奇想時，城堡裡派了使者快馬加鞭前來找白雪公主。

那位使者說：「鄰近的大帝國突然動員大軍越過國境，包圍了城堡。這樣下去不久就會淪陷，也許已經淪陷了。」

大事不妙。

❸

白雪公主在聽取使者的報告後，就將那位始終都沒有清醒的王子交給美人魚看護，帶著七位小矮人出了森林。首先他們來到了一座險峻的高山，那裡住了一位離世獨立的軍師先生。其實不造訪三次，軍師先生是不會點頭效力的，但是白雪公主命令小矮人們將軍師先生抓起來，任命他為參謀總長。軍師先生也只能苦笑著說：「嗯，好吧。」向白雪公主誓師效忠。

就這樣，白雪公主一行共九人，一下山就直奔帝國大軍尚未肆虐的城鎮和村落招募義勇軍。雖然最後招募到的人數和大帝國的龐然大軍相比是小巫見大巫，但是白雪公主仍然打著反帝國的旗幟進軍城堡，將出來迎擊的帝國大軍一一擊倒，在各地屢戰屢勝後，終於光復城堡，並乘勝將撤退的帝國大軍殺個片甲不留。接著又反攻回去，滅了帝國，將其納為自己國家的領土，令人嘖嘖稱奇。

但是，戰爭還沒有結束。白雪公主、軍師先生與七位小矮人又招兵買馬進軍大陸全境，使用許多戰略與計謀一統了大陸。於是戰國時代結束，太平治世來臨。

❹

已無事可做的白雪公主，決定將後續事項交由軍師先生處理，回森林去。雖然不用再擔心政治聯姻，可是回到城堡裡，日子也很煩悶，還不如在森林裡自由自在地遊玩來得好。

偕同七位小矮人回到小屋的白雪公主，看到王子仍然沉睡不醒，嚇了一跳，因為她完全忘記這回事了。

啊，不過在白雪公主出外征戰的期間，美人魚倒是一直細心地照顧王子。

於是白雪公主拿起森林的大熊先生帶來探病的蘋果，朝王子頭上敲下去。

「你要睡到什麼時候？快給我起來！」

王子醒是醒來了，卻是在三天之後。

在那之後大家過得如何，誰也不知道。

可是，想必大家一定都過著幸福美滿的日子。如果真是這樣，那就太好了。

……該怎麼說呢。與其說像是朝比奈學姊的風格，倒不如說像是將童話故事七拼八湊並混入戰國故事的寓言大拼盤，不過學姊那份拚命三娘的努力，我確實感同身受。她真的盡力了。至於春日修改了哪裡，一切就任憑想像。

現在，朝比奈學姊這邊不用擔心了，該擔心的是我自己，春日交給我的課題至今還尚未動筆。基本上叫我寫小說根本就是強人所難，何況又是以愛情為主題，那更是超越強人所難的境界，完全屬於未知概念的世界。無怪乎人家常在問：問世間情是何物？

另一方面，春日這個總編輯倒是出人意表當得有模有樣。

春日言明我們四人份的原稿頁數會不夠，也欠缺多樣性，終於使出了向外徵稿的手段。首先成為惡魔餌食的是谷口和國木田，接著鶴屋學姊和電研社也成了春日催稿的對象。對春日而言，他們個個都是預備團員，但是他們和文藝社可八竿子打不在一塊。

然而我沒有閒暇同情他們，甚至暗暗希望自己身上的催稿壓力能因此消失。但是打死春日都不可能放任我拖稿潛逃。

扮黑臉的學生會長定下的日期一天天逼近之際，在我一邊忍受谷口高聲嚷嚷：「我為何非得寫有趣的日常生活隨筆不可啊！」的怨嗟聲，與「別怨了，谷口。總比我要交出十二篇分科別類的有效用功術好多了吧。」國木田老神在在但格外刺耳的聲音，等著早上的班會開始的某一天——

比我還晚到校的春日，連句早安都沒說，就將影印紙遞給我。

「幹嘛？」

「昨天我要回家時，有希交來的稿子。」

春日的神情，怪異得有如連同掉了的補牙填充物與牙粉一起吞下去似的。

「拿到後，我就在家裡細看了一遍，可是她寫得實在很怪。稱得上是幻想小說，說是恐怖類型也帶了點恐怖的意味，分量上也堪稱是極短篇，很難評斷就是了。你看一下。」

不用妳交代，我自然有興趣拜讀長門的大作。

我從春日手中接過影印紙，逐字看著列印好的文章。

「無題1」　　長門有希

「我是幽靈。」——我遇到自稱是幽靈的少女，差不多是×××之前的事了。

我問她叫什麼名字，「我沒有名字。」少女如此回答。「因為沒有名字，所以我是幽靈。妳也是吧？」少女說著說著，就笑了。

是啊。我也是幽靈。可以和幽靈談話的存在，本身也是幽靈。就像現在的我一樣。

「那麼，我們走吧。」

聽她這麼說，我就跟了上去。少女的步伐很輕盈，看起來跟活人沒兩樣。我問她要到哪裡去，少女停下了腳步，回頭看我。

「不管要去哪裡都可以。妳想去哪裡？」

我沉思了一會。我會想去哪裡呢？這裡又是哪裡？為什麼我會在這裡？

佇立不動的我，只是望著少女晦暗的眼眸。

「妳之前不是想去×××？」

提出解答的是少女。聽她這麼一說，我才終於想起自己的角色定位。沒錯。我正是要去那裡。我怎麼會忘了這麼重要的事情？何況那是我活著的存在意義。

那明明是不該忘的事。

「那麼，可以走了吧。」

少女開心地微微一笑。我點點頭，對她道出感謝的話語。

「再見。」

少女消失了，把我留下來。她是回到她該去的地方了吧。就像我也該回到我該去的地方。

天空飄下了白色的物體。很多很多、小小的、不安定的、水的結晶。它們一落在地表就漸

漸消逝。

那是溢滿時空的奇蹟之一，這個世界到處充滿了奇蹟，我一直站在原地不動，時間的消逝頓時變得毫無意義。

綿延不斷的奇蹟持續前仆後繼的飄落。

就把這個當作是我的名字吧。

這麼一想，心念一轉，我便不再是幽靈了。

「嗯……？」

我讀到這裡，抬起臉來。

此刻正是早上班會時間前，班上同學接二連三進來的情景一如往常在教室內擴散開來。原本春日也理應坐在我正後面的座位看著窗外、或用自動鉛筆戳我的背說些有的沒的；但是此時的春日卻伸長了脖子看我手邊的稿子，用又是困擾、又像是在沉思的神情，以目光追逐著影印紙上的文字。

無所謂啦，我想我臉上的表情應該也和春日差不多。

誰叫長門寫的東西如此匪夷所思呢。一大早就叫我看這個，實在是有看沒有懂。

記得沒錯的話，長門抽到的紙籤上寫著「恐怖幻想」。

我將視線移開長門的小說，轉而注視一旁的春日側臉。

「喂，春日。我對恐怖或幻想小說沒什麼研究，最近的恐怖幻想小說就是這種東東嗎？」

「我也不太清楚。」

春日手撐著下巴，像是一名編輯面對寫出難以評斷的作品的作家時，那樣歪著脖子。

「我想這是幻想類型沒錯，可是一點也不恐怖。不過，嗯～可是你不覺得很像有希的風格嗎？說不定有希本身覺得那樣子就叫作恐怖。」

長門感到恐怖的對象若是真的存在，對我而言一定是最大級也最凶惡的恐怖事物，那種東西還是別出現較好。即使只在小說中驚鴻一瞥，我也會嚇得直發抖。

「對了，我說春日。」

我仔細端詳春日困惑的表情，感覺很新鮮。

「妳自己不知道恐怖幻想是什麼，就敢叫人家寫那種東西哦？拜託妳也先考慮一下再決定行不行。」

「我是稍微考慮過啦。」

春日從我的手中抽出第一張影印紙。

「單純只是寫恐怖小說不好玩，所以我才加上幻想。我寫在紙籤上讓你們抽的類型全是我深思熟慮過的結果。說到懸疑推理、童話以及戀愛小說——再來就是恐怖了。」

妳漏掉SF科幻小說了。而且我不信選定那些類型有用到妳三秒鐘以上的時間。妳一定是想到什麼就寫什麼。

春日微微一笑。

「我只是希望大家都能寫點不同的，就像選角不當那樣。有希來寫SF一定很得心應手，可是那樣不是很無趣嗎？」

聽著我心頭不由得一驚，接著用無形的手拍撫著胸膛。姑且不論長門最擅長的是不是SF小說，她來描寫外太空的話說不定會洋洋灑灑寫出大長篇，畢竟她就是外星人。我一度以為春日察覺到了，但是想想長門的藏書以SF居多，這點春日也很清楚，就算這女人知道長門對外太空瞭若指掌也沒什麼不可思議。

不對，等等。懸疑推理不也是長門的強項嗎？

「嗯，本來我是想讓實玖瑠或你寫懸疑推理的。因為我對你們會寫出什麼樣光怪陸離的作品很有興趣。但是又考慮到SF的標準太過寬鬆了，掰得天花亂墜也能算是SF，所以，我才忍痛割愛。」

真想回她一句：那純粹是妳的偏見！不過現在抱怨抽籤的內容和結果，時間也無法重來。我眼前的義務就是搞定「戀愛小說」，畢竟這個執筆命令是不可能被解除的。話又說回來，懸疑推理、童話以及恐怖幻想都不是我寫得出來的東西，雖說如此戀愛小說也沒有好寫到哪去。只不過如果是SF的話，搞不好我可以把自己的經驗法則套用上去。但是我又不想就這麼讓春日總編輯得知我本人的親身經歷。

春日隨手翻著長門的恐怖幻想SS（SHORT STORY＝極短篇）。

「算啦！還好古泉抽中了懸疑推理，最起碼社刊裡也要有一篇可以看的。內容太過標新立異，只怕會把基本讀者全嚇跑。」

這女人該不會打算就此讓文藝社社刊定期發行吧？這次的行動是為了不讓學生會長的陰謀得逞才採取的緊急措施，看來我有必要提醒春日一下，SOS團並不是文藝社的共生體，而是寄生於文藝社。

「這我當然知道。不論校內校外，沒有什麼事是需要你來教我的。這就是我為何能當上團長，而你只是團員一號的差別。」

春日的死光攫住我的視線。

「那個不重要啦！有希的小說還有續篇，快看第二頁。」

我將目光落在自己手上剩餘的影印紙，開始閱讀工整得幾乎會讓人誤以為是長門親筆書寫的楷體列印的文章。

「無題2」

長門有希

直到那時，我都不是一個人。我有許多個我。身在群體中的我。

有如冰塊般共存的我們，不久就像水一樣流開，最後又如蒸氣般擴散。

其中一個蒸氣粒子就是我。

我可以在各地來去自如。我到過各個地方，見過各類事物。可是我不學習。因為觀察是我唯一被允許擁有的機能。

長久以來，我都是那麼做。時間毫無意義，在虛無的世界裡，一切現象都不具意義。

可是，我終於找到了意義，我存在的證明。

物質與物質會相互吸引，這是千真萬確的事實。我會被吸引過來，也是因為我有了形體。

光、影、矛盾與常識。我遇見了它們，也分別有往來。雖然我沒有那樣的機能，但是那麼做或許也不錯。

假如那是被允許的，我會那麼做吧。

只要我持續等下去，奇蹟是否會降臨在我身上？

一個小小的奇蹟。

第二張到此結束。

「嗯～嗯嗯……」

我納悶的歪著脖子，不由自主從頭又再看一遍。這篇稱不上是恐怖，但也很難歸類成恐怖幻想，甚至連小說都談不上。勉強只能算是私小說。可以說她是有感而發，也或許她只是單純將想到的詞彙串連在一起。（註：「私小說」是作者以自己為題材寫成的小說，多是描寫自己的心境）

這就是長門創作的小說啊……

讀著讀著，我想到了別的事情。那是我想忘也忘不了，去年十二月發生的事件。以及那位內在截然不同的長門。當時的那位文藝社社員長門說不定真的寫過小說。使用舊式的電腦，獨自一人在社團教室中默默創作……

不知春日是如何看待我的沉默與思考的神情，她從我的指間快速抽走第二張影印紙，接著說道：

「第三張是最後一篇了。這一篇我是越看越不懂，所以想聽聽你的感想。」

「無題3」

長門有希

那間屋子裡放了口黑色棺材。除此之外什麼也沒有。
置於昏暗屋內正中央的棺材上頭，坐著一名男子。
「妳好。」
他對我說。面帶笑容。
你好。
我也對他說。但我不知道自己臉上的表情。
在我杵著不動時，男子身後有塊白布飄落。黑暗中，那塊布被淡淡的光芒所籠罩。
「我來晚了。」
白布說道。那是披著大白布的人，眼睛的部分挖了兩個洞，以黑色的眼眸看著我。
白布裡頭似乎是位少女。從聲音判別出來的。
男子低聲笑了。
「發表會尚未開始。」
男子依舊坐在棺材上。

「還有的是時間。」

我努力思索。我在這裡要發表什麼？好焦慮。想不起來。發表會。

「時間多的是。」

男子說道，對著我微笑。白布女妖開心地翩翩起舞。

「我們會等妳的，直到妳想起來為止。」

少女說道。我凝視著黑色棺材。

我只記得一件事，我的目的。

那口棺材是我的住處。

我從那裡出來，為了再度回到那裡才回來。男子坐在棺材上。他不起身讓開，我就進不去那裡。

可是，我沒有什麼要發表的，因為我沒有參與發表會的資格。

男子開始低聲歌唱，配合著白布的舞步。

他不起身讓開，我就進不去那裡。

「⋯⋯嗯～這個嘛，實在很難下評語。」

將第三篇放在桌上後，我開始有點同情春日了。

也唯有長門才寫得出這種不知所云的文章。乍看像是無視於恐怖幻想主題的創作，但與其稱之為小說，不如說是新詩。

「不過也不是一般的詩就是了。」

春日將三張影印紙疊好，收進自己的書包。

「阿虛，我跟你說喔，我壓根不認為這是有希為了交差亂寫一通的東西，這幾篇文章肯定反映了有希的內心世界。你想文中的幽靈和棺材，會不會是什麼的隱喻？」

「我怎麼知道。」

儘管我嘴裡那麼回答，其實心裡對長門在寫什麼多少有點譜。她的小說中出現的「我」毫無異議就是長門自身。其他的登場人物雖有「幽靈少女」、「男子」和「妖怪少女」，但我懷疑幽靈和妖怪其實是同一人，不過這也只是我個人看法。就描寫看來，男子很像是古泉，少女則是朝比奈學姊。長門可能是參考身邊的人物並寫進作品中。我和春日雖然沒登場，但我也不會意識過剩到跑去叫長門加戲，把我寫進作品裡。

「有什麼關係。」

我望向窗外，俯看空無一人的網球場。

「這只是長門隨性創作的小說吧。何必自找麻煩，硬要從小說中探索作者的內心？又不是在考現代國文。」

「也對。」

春日也看向窗外。真怕她又無意識的讓上天下起不合時節的雪，不過看她的眼神似乎是在觀察雲。最後，她終於轉向我，綻開有如春天花朵般的笑靨。

「有希的稿子這樣就算ＯＫ了。畢竟要退稿叫她重寫，我也不知從何退起。古泉似乎寫得挺順手，實玖瑠的繪本也應該趕得上截稿。」

團長的標準笑臉瞬間換上總編輯的制式笑容。

「嗯？你的稿子哩？到現在我連前言都還沒收到，何時會完成啊？」

原本還滿心期待她會忘記的我，真是大錯特錯。

「別說我沒提醒你。」

春日笑得直令我發毛。

「你可要給我寫出像樣一點的小說。不是戀愛文藝就退稿，退稿！不是恐怖不是懸疑推理也不是童話喔。胡亂給我打馬虎眼，你就試試看！」

我求救的目光環顧教室。

其實我一個字都還沒動。想也知道，我幹嘛要拉下臉寫戀愛小說啊？這個疑問現在在我體內，正以對抗流行性病毒還要高的抵抗力拚命打轉，想招聘（應該和我）同樣一個字也沒動的拖稿同志谷口和國木田當我的援軍；不料從剛才就一直往這邊張望、不知在密談什麼的吾友兩人組，不約而同移開了目光，再這樣下去，我的友軍遲早會被春日各個擊破，就在我差點要劃十字求上帝保祐的千鈞一刻，上課鐘終於響了。

我就這樣暫時迴避掉眼前的重責大任，只是暫時而已，春日是不可能會放我拖稿潛逃的。總之，我成功賺到了數十分鐘的透氣時間。

那可是戀愛小說，戀愛小說耶！

我一面假裝認真的上第一堂課，一面陷入了沉入挑戰者深淵的沉船那般深入地思考。（註：挑戰者深淵位於馬里亞納海溝）

我要寫什麼來著？

放學後，為了逃開春日的奪命催稿符，我來到了社團教室。

「寫你自己的親身經歷如何？」

在筆記型電腦上敲鍵盤的手未曾停歇的古泉對我如此建言。

「總之只要跟戀愛扯上關係就行了吧？那麼，你不妨將經驗談原原本本寫出來，再一口咬定純屬虛構就好。我建議你採用第一人稱的方式撰寫，這麼一來，你就算只是將自己的思想寫成文字也沒問題。」

「你是在挖苦我嗎？」

我沒好氣的頂他一句，眼睛又回到盯著筆記型電腦畫面上螢幕保護程式的工作。

社團教室成了暫時落得清靜的居所。為什麼？因為春日不在。

打算和學生會掀起全面戰爭的春日，這會正使出讓人想在她的「總編輯」臂章再加上「魔鬼」字樣的精明強幹的手腕，到處奔走中。

她的頭號獵物就是近在眼前的同班同學——谷口和國木田。課外輔導一結束就忙不迭想逃出教室的谷口，春日三兩下就將他逮捕歸案。「放我走～」、「你休想～」雙方你拉我扯的起了一陣騷動。連毫無逃意、傻傻觀虎鬥的國木田也一併手到擒來。將兩人拎到座位上坐好，塞給他們一疊空白活頁紙後聲明：

「沒寫完不准回家！」

那張臉上煥發著異樣的光采，怎麼回事？難不成是全新的施虐快感甦醒了？

谷口的碎碎唸更加停不了，國木田則是緩緩搖頭，拿起自動鉛筆。國木田的神情尚稱得上悠哉，谷口的表情則困擾得可以，活像領悟到一旦和春日惹出的麻煩扯上關係，將來就會錯過天堂專車似的。我完全了解他的心情。被春日相中撰寫有趣隨筆，若是大筆一揮就能立刻寫出來，就不會想逃亡了。

「有趣的日常生活隨筆……什麼鬼！」谷口說。

「阿虛，你的日常生活比我有趣多了，你來寫！」

我拒絕。我自己的作業就寫不完了。

「涼宮同學，十二篇用功術會不會太多了點？」國木田仍是一派悠閒地說道：「縮減成五篇可以嗎？英語、數學、古典文學、化學和物理是我的拿手科目，生物、日本史和公民我就念得很辛苦了。」

那五科拿手就很夠了，我也滿心期待你的濟世原稿出爐。分科別類有效用功術十二篇，若是真的有效，再沒有比這更有看頭的文章了。

春日對著留校察看兩人組說：

「一小時後我會再來。到時你們如果不在……後果如何曉得吧？」

她簡潔明快的撂下狠話，接著走出了教室。我們的總編輯還真是忙碌啊。

另一方面，在春日邀稿的對象中，也不乏爽快答應的善心閒士。

其中一位不用多說，當然就是鶴屋學姊。面面俱到、搞不好比春日還心靈手巧的學姊，在聽到春日內容抽象到不行的請託：

「隨便寫什麼都可以，請學姊幫個忙好嗎？」

就痛快允諾了。而且還相當乾脆的報以笑容回道：

「何時截稿？好！我一定在那之前交稿！哇哈哈，真好玩！」

那位大人物究竟會寫什麼呢？

還有另一位，喔，這就不能說是一位了，說是一個團體會比較適合，那就是電腦研究社。在經過那場作弊遊戲對戰後，加上長門不時會登社造訪的緣故，在春日心目中，電研社早已成了準ＳＯＳ團第二分部。只見開團祖師衝進電研社，取得「最新電腦遊戲完全評比・這款遊戲的破關攻略」等不知所云的執筆約定後就班師回朝。而電研社也不知是哪根筋不對，社長以下都躍躍欲試。附帶一提，我從未用電腦好好玩過一款遊戲，對這篇專欄自然興趣缺缺。

但是，春日的工作尚未結束。想到「人要衣裝、書要精裝」的她，旋即又殺到美術社問誰畫得最好，強行要對方畫一張圖當封面，接著又以版面全是文字太過枯躁，需要插畫來畫龍點睛的說辭，闖入漫研社發包插畫。想必這些社團一定覺得相當困擾吧。很遺憾，此時此刻我不想與他人的困擾同步，於是將谷口和國木田留在教室，前往社團教室避難。

社團教室裡沒有春日的身影，因為她正為了前述的理由在校內四處奔走。面對這本該可以好好歇息的清靜時刻，我卻只是盯著螢幕保護程式直發呆，壓根談不上沉澱心靈。

「嗯～嗯～」

以悲壯的神情趴在桌上的，是難得以制服之姿亮相的朝比奈學姊。

這時候朝比奈學姊的繪本式童話尚未完工，看到她在桌上抱頭苦寫的苦命模樣，泡茶一事我只得認命自己來。

一旁的長門，仍維持一貫的冷調。猶如讀書娃娃一般攤開精裝本的身影，散發著一股大功告成的完事感。

「…………」

長門是判斷自己提交給春日的三篇極短篇可以圓滿達成任務，才回復到昔日的模式嗎？之前在學生會室看到的不可視靈光就像假的一樣。

說到假的，老實說我要是不在意那樣的長門，那也是假的。姑且不論她是在什麼樣的心境下寫出那類型怪異的小說，也不管她擔不擔心春日的讀後感，我都很希望她能解釋一下那部作品到底在講什麼。雖然我有滿腹疑問，但當著朝比奈學姊和古泉的面前提問恐怕不妥。

等日後兩人獨處時再問吧，相信有的是機會。

我的目光從平常模式的無表情閱讀版文藝社社員身上移開。長桌上還在操作的筆記型電腦就只有兩台。而長門面前的筆記型電腦就和主人的嘴唇一樣，蓋得如同緊閉的貝殼，被收到一旁去了。

我也好想那麼做。每當浪費地球上有限的資源，就會感到自責不已的我，應該立即關上這台配給給我的筆記型電腦開關。繼續開著電源也只是浪費能源而已，乾脆連我頭部的開關也一併關掉，睡它個昏天暗地算了。

想著想著，我又開始嘆氣。古泉開口跟我說：

「你真的不用想太多，有什麼寫什麼就好。」

你早已把腦中的儲存檔轉成純文字檔了，當然輕鬆；我可是得從零開始耶！你要真心想幫我，就把你的戀愛經驗貢獻出來，我來寫一部以你為主角的戀物語。

「這我就愛莫能助了。」

古泉敲鍵盤的手停了下來，對我投以質疑的笑容，然後小小聲地說：

「你真的沒有嗎？過去的人生中，你都不曾成為愛情的俘虜？沒有與女性交往過？不，你在高一這一年並不是沒有過那樣的經歷，只是你不敢寫而已。那麼高中之前的呢？國中時代難道也沒有嗎？」

當我望著天花板，開始翻閱自己的過往相簿時，古泉又將音量壓得更低說道：

「還記得草地棒球大賽時，我說過的話嗎？」

不記得。天曉得你這多話的小子說過哪一句。我怎麼可能把你說過的每句話，逐一記在腦海裡。

「你總該記得當時我跟你說過，是因為涼宮同學這樣希望，所以你成了四棒打擊者吧。」

我對古泉的新好男人笑容投以可疑的目光。又是那個因素嗎？

「是的，又是那個因素。也就是說，你會抽中戀愛小說的籤並不是偶然。」

我早就懷疑這次抽籤的偶然性了。即使我不是魔術師，我也知道讓別人抽中自己計畫中的那支籤是可行的。

我看了長門一眼，她似乎沒有豎起耳朵偷聽。而朝比奈學姊光是和鉛筆、橡皮擦搏感情就夠她忙的了。

「換言之，我認為涼宮同學是想知道你過去的情史，所以才會將戀愛小說當成題材之一。也就是戀愛經驗談——涼宮同學之所以沒這麼寫，正是源於她小小的矜持。」

那女人哪裡矜持了？不管去哪，她都是不知客氣為何物，沒打聲招呼就衝進去的母老虎。

古泉面帶淺淺的笑意。

「我是說她的內心部分喔。別看她那樣，其實涼宮同學是相當謹守分寸的人。那些題材應該是她無意識中寫下的吧，若真是如此，那她的感覺真可說是驚人的敏銳。現在的她，絕對不會做出隨隨便便闖入我們內心的行為。起碼她就沒對我這樣。反倒是我，稍微進入過涼宮同學的精神世界。」

這樣一提我想起來了，我好像也才去過兩次。

「可是！對那女人不知客氣為何物這點，我是絕對不讓步。」

爭不回裡子，起碼要爭回面子。

「不然她就不會踹開學生會室的門，也不會霸佔文藝社，更不會逼我寫這種鬼東西。」

「那不是很好嗎。這可是助人為快樂之本的慈善工作。為了守護弱小的社團，力抗強大學生會的高中生們……」

古泉爽朗的看向遠方，令我有點小不爽。那招牌笑容又重新掛牌上市。

「實不相瞞，這樣的校園生活正是我的夢想。我越發認定涼宮同學是神，甚至想跪拜叩謝神恩了。因為涼宮大神實現了我的夢想。」

像你這樣自編自導自演，又扮演居中的牽線人，算哪門子的夢想實現？不過你很努力倒是真的，這點我承認。

「可是，你抽中什麼籤就不是我能操控的了。話說從頭，簡言之，涼宮同學很期待看到你如何描述你的戀愛觀。不瞞你說，連我也很期待。」

古泉稍稍提高了音量。

「據我聽到的小道消息，你國中時代不是有位很要好的女朋友？你可以寫那段插曲啊。」

到底要我說幾次你們才懂？我和那位女生完全不是那樣的關係。

我揉了揉緊蹙的眉心，偷看一下社團教室內另外兩位女生的表情。

朝比奈學姊聚精會神的製作附有插畫的童話，對我們的談話似乎充耳不聞。

至於長門——

那傢伙的視神經看似全神貫注在閱讀上，至於耳朵的聽神經嘛……我無法確認到那邊去，不過我認為就算我們講得再小聲，也不可能瞞得過長門。

話又說回來，我幹嘛一副做了虧心事怕人知道的樣子啊。國木田也好，中河也罷，為什麼我國中時代的同學都一致誤認我和女生交往過？真是有夠不可思議。

「總之，我沒和女生交往過，也不打算寫空穴來風的插曲。」

我斬釘截鐵的說道。尤其是對那些遇到八卦就眼睛閃閃發光的好事者鄭重聲明——古泉你幹嘛？你那一切都了然於心的眼神是什麼意思？就跟你說不是那樣！不是那段過往不堪回首到讓我不想回憶，而是那真的沒什麼好提的。

「那就當作是這樣吧。」

這話實在叫人生氣。不過古泉還是沒閉嘴，又提出新的提案。

「那麼，請你趕緊想出一個可以寫的回憶。或多或少總會有一個吧。像是你和誰去哪裡約會過，誰誰誰跟你告白過之類的。」

沒有！

我本來要這麼說的，嘴巴才張到一半就停住了。見到我的模樣，古泉的微笑漾了開來。

「有是吧？對，正是那個。涼宮同學和我想知道的就是那個故事。你就把它寫下來吧。」

你什麼時候成了副總編輯？快回去寫你的三味線消失案啦。我要寫什麼，我自己會決定。

「當然當然，決定權在你。我只是個觀察員，充其量只能提出建言，哪敢諫言呢？我純粹只是想替涼宮同學分憂解勞而已。」

古泉聳聳肩，結束與我的對話，專心敲起自家鍵盤。

我也開始思考。

很抱歉，古泉，這回你又會錯意了。在你的腦海裡，可能有道想像我國中時代曾有過一段純純之愛的漩渦在不斷擴大，可惜不是我在自誇，至今沒有任何人跟我告白過，也沒跟任何人告白過。我初戀的對象是比我大很多的表姊，不過她後來跟不成材的窩囊廢跑了。若說這是精神創傷的話，的確算是，不過那都是八百年前的陳年舊事了。我既沒有對她告白，也沒有跟她約會過。

忽然！一幕情景在眼瞼深處浮現。

那是距今大約一年前，國中畢業典禮結束後，我快上高中之前的情景。我萬萬沒料到日後的高中生活會過得如此眼花撩亂，連蚊子的腳尖那樣微小的料想也沒有，猶自悠閒又懶散的過著國中最後的春假。

勉強才從腦漿縫隙拉出這一段小小的插曲，開頭是老妹拿著電話子機跑到我的房間。

瞪著天花板好一會的我，鼻子輕輕哼了一聲，手指碰觸筆記型電腦的觸控板。

螢幕保護程式不知去向，回復到打開之後就放著的記事本白色畫面。

我感應到一旁的古泉嘴角傳來的笑意，嘗試敲打鍵盤。不過純粹只是練打。就是打到一半覺得太無聊，將文章全刪掉也不覺得可惜的那種。記憶深淵進行著類似用竹篩淘金的作業，腦內排列組合好的文章也傳達到了指尖，我開始撰寫開場白。

大致上就是像這樣，還可以吧？

「那是我上高中之前，國中最後的春假剩沒幾天時……」

那是我上高中之前，國中最後的春假剩沒幾天時。

雖然國中畢業證書早已拿到手，但我尚未正式成為高中生。可以的話真希望永遠保持這國中生以上，高中生未滿的身分——猶記得當時的我是那麼認為的。

或許是自國三起就被老媽逼著去補習收到了成效，我以單一志願順利考上高中，算是輕鬆過關。不過老實說，在考前參觀場地的那個時間點，爬著綿長坡道的我就已經滿心不耐的想：我當真要在這間高中念三年嗎？再加上學區劃分的關係，之前和我交情不錯的同學泰半選擇就讀離家近的市立高校，不然就是決定去念較遠的私立學校。不想孤獨，孤獨感卻與日俱增。

這時的我連作夢都沒想到，一展開高中生活就會遇到奇怪的女生，之後又會與怪異社團的創立有所牽連；只是不斷回顧國中時期，對未知的高中生活又充滿了不安，總括一句就是多愁善感的時期。

因此，為了填補充斥內心大半的孤獨感，我時而賴床賴到太陽曬屁股，時而和決定念別間高中的朋友們進行名為惜別會的電玩廝殺，時而呼朋引伴去看電影──如此日復一日地打發時間，終於也有厭倦的時候。那天吃完早午餐，我就像頭牛似的在自己房間滾來滾去，消磨四月前所剩無幾的午後閒散時光。

我睡醒後，起來吃完飯，又再窩回床上補眠時，耳朵聽到了家裡的電話奏起來電的鈴聲。

我的房間沒有裝子機，想說老媽或老妹會去接就不去理它。等了一會，我妹拿著無線電話進來我的房間。

現在才說明有點像在放馬後砲，不過每當這小妮子拿著子機來找我時，我總隱約覺得會有怪事發生。

我再重申一次，此時我的心智尚未受到污染，經驗值更是壓倒性不足。

「阿虛，電話！」

我問笑容異常燦爛跑來的老妹：

「誰打來的？」

「是女生——」

我妹將話筒塞給我，露出淘氣的笑容，身體轉著圈圈，像在跳踢踏舞似的離開了房間。真難得，平常都得我三催四請才能將她逐出房間，敢情今天是有什麼急事嗎？

不，目前最重要的是打電話來的人是誰。我在腦中移動選擇畫面捲軸、搜尋會打電話給我的女生面孔，按下話筒通話鍵。

「喂？」

停頓了一瞬間。

『……喂？那個……』

聲音聽來的確是個女的。但此時我的腦內搜尋引擎尚未檢索完畢，所以不知道是誰。不過這聲音似乎有點耳熟。

『是我。我是吉村美代子。你好。請問你現在方便講電話嗎？你現在應該沒有在忙吧？』

「啊……」

吉村美代子？誰呀？

一開始思考的同時，腦內捲軸也停止了翻動。我會覺得耳熟是理所當然，因為我們見過幾次面。只是她一下報出全名，我反倒想不起來她是誰。吉村美代子，我稱之為美代吉。

「啊，是妳啊。嗯，我現在沒事，甚至閒得要命。」

『那就好。』

那聲音聽來像是打從心底鬆了一口氣，讓我相當詫異，她找我到底有什麼事？

『請問……你明天有空嗎？後天也可以，不過進入四月後就不行了。能不能佔用一下你的寶貴時間呢？』

「呃……妳是在問我嗎？」（※1）

『是的。突然邀你真是抱歉。明天，或是後天都可以。你很忙嗎？』

「不會，我一點都不忙，這兩天我整天都有空。」

『太好了。』

有如發自內心的低語聲又再度從聽筒流洩而出：

『我有事想拜託你。』

這回，美代子的聲音聽來就有些緊張了。

『只要明天，一天就夠了。能不能請你陪我一天？』

我望著沒關上的房門口，追逐著妹妹離去的身影。

「我嗎？」

『是的。』

「陪妳？」

『是的。』

美代子越說越小聲：

『只有我們兩人。不可以嗎？』

「不，可以、可以。」

『太好了。』

安心得很誇張的嘆息再度傳來，聽得出她很努力在克制內心的歡喜。

『那麼，明天就麻煩你了。』

我彷彿看見了美代子在電話線的另一端行禮。

之後她與我敲定見面的時間與地點，在這期間並不時徵詢我的意見，但我只是持續應聲：

「好的。」

『不好意思，突然打電話約你。』

「沒關係，反正我也沒事。」

我跟自始至終姿態都低得可以的她虛應一番後，掛斷了電話。要是不由我主動掛斷，恐怕美代子會感謝我個沒完沒了。吉村美代子，我稱之為美代吉的她，就是那麼一位彬彬有禮的小女生。

我正想將電話放回原位，一出走廊就看到笑得很曖昧的老妹等在一旁，於是我順手將子機塞給她。

「啦哈哈～」

老妹發出白癡般的笑聲，揮舞著子機離去。

我開始擔心起老妹的未來，同時也憶起了美代吉文靜的聲音。（※2）

話說到了隔天。

坦白說，我不打算寫得太詳細。一言以蔽之，就是我怕麻煩。畢竟這是小說，不是業務報告書，也不是航海日誌，更不可能是我的私密日記。

也～就是說，我這個作者愛怎麼寫就怎麼寫。不然我還堪稱是作者嗎？

那天，到了約定地點的我，發現了提早來等候的美代吉身影，於是加快腳步走近。她一看到我，就面向我恭恭敬敬行了個大禮。

「早安。」

在秀氣得有如蚊子叫的招呼之後，她將小巧的肩掛包斜掛在肩上，仰頭撥開落下的垂髮。

她穿著一襲印花罩衫，外搭一件無領開襟針織小外套，下半身是七分直筒牛仔褲，襯出她的苗條身段。

我「嗨」了一聲作為回應，緩緩環視四周。

這地方是站前廣場，SOS團的御用集合地點，再熟悉不過的老地方。不過此時的我，完全沒想過自己幾個月後會被逼著加入意義不明的團體，成天被高唱稱霸世界的瘋人團長頤指氣使地呼來喚去。我只是打量了一下周邊環境而已，擔心和女生單獨見面若被某人撞見會倒大楣之類的事，更是連想都沒想過。（※3）

「那個……」

美代吉氣質優雅的臉龐顯得有些緊張，說道：

「我想去一個地方，可以請你陪我去嗎？」

「可以啊。」

畢竟那就是我今天的來意。我如果不想去，早在昨天電話裡頭就拒絕了。何況我也沒有理由回絕美代吉的請託。

「謝謝你。」

其實她大可不用那麼畢恭畢敬，對我的話一一行禮回應。

「我想去看一部電影。」

那有什麼問題，要我倒貼請她看都沒問題。

「不用這樣，錢我自己出。畢竟是我硬邀你來的。」

她口齒清晰的說完後，對我微微一笑。所謂不知人間險惡的笑容指的就是這種笑容吧。擁有和我妹不同的天真，卻太過無邪的笑容。

附帶一提，這附近沒有電影院。我和美代吉走進車站，買了車票搭上電車。她想看的電影不是在影城或大型電影院上映的賣座強片，而是名不見經傳到讓人為之一驚的影片，只在小小的單廳戲院才有特映場的那種。

在電車裡搖搖晃晃期間，她一直緊握著城市情報誌望向窗外，有時候像是想到什麼似的，抬頭望著我的臉，接著又低下頭去。

我們並不是一路都保持沉默，中間也是有些許的交談，但是沒什麼好寫的。都是一些拉拉雜雜的閒聊。像是這個春天起要上哪間學校啦，還有我妹怎樣啦，印象中都是這些。（※4）

到了目的地的那一站，走到電影院的途中也是一樣聊些有的沒的。只不過她好像有點緊張。那份緊張一直持續到我們抵達戲院的售票口。（※5）

眼看下一場的放映時間就快到了，售票口前卻門可羅雀，可見那部電影不怎麼受青睞。我朝美代吉看了一眼，對玻璃窗另一端閒閒無事的大嬸說：

「學生票兩張。」

……寫到這裡時，我將手指移開鍵盤，靠著鋼管椅伸了個大大的懶腰。

大概是不習慣寫作的緣故，肩膀僵硬得不得了。在我轉動脖子活動頭部時——

「你這會不是寫得很順了？」

古泉露出微笑，饒富興味的說道：

「希望你能一鼓作氣順利寫完。我是說真的，我非常期待拜讀你的大作。」

恐怕你要失望了，古泉。不然我們來打賭。我敢說你看完後，一定會認為和你期待的有落差。畢竟我寫的這東西離戀愛小說還差得遠吶。

「儘管如此——」

古泉以手指敲了敲自己的筆記型電腦液晶螢幕說道：

「我對你的筆下世界還是充滿興趣。不管是什麼樣的文章，多多少少都蘊含了執筆者的內心世界，可以由字裡行間聽到作者不自覺流露的心聲。你的小說遠比長門同學和朝比奈學姊的著作還讓我牽腸掛肚。」

沒必要掛心到那種地步吧。你何時開始經手春日的精神層面分析以外的工作了？分析我的精神又不是你份內的事。

「話可不能這麼說，畢竟涼宮同學的精神狀態往往因為你而有所轉變。」

怎麼說都是你對，真氣人。

我不理會古泉，環視社團教室。春日還沒有回來，朝比奈學姊則仍忙著繪圖。

「嗯——呃，嗯——……」

迷糊的朝比奈學姊表情困惑的看著紙張，以小朋友的握筆姿勢拿著鉛筆，小心翼翼地畫上線，她思考了一會，又用橡皮擦擦掉。

「嗯——」

然後又繼續埋首用心作業。朝比奈學姊的繪本風童話前面已經介紹過，她現在動手製作的就是那個。看到成品，就知道學姊的努力開花結果了。那是相當具有朝比奈學姊風格的作品。

於是，就現階段而言，已經完成工作的人——

「…………」

就只有坐在長桌角落，安靜進行定點閱讀的長門了。交出那無題極短篇三部曲之後就無事一身輕的嬌小文藝社社員，彷彿將奔走得很開心的春日和不斷吟哦的朝比奈學姊與我，完全隔離在蚊帳外，默默沉浸在書海裡。

我個人是很想拜託長門解說一下她自己的作品無題1、2、3，可是又隱約覺得還是別問的好，況且目前我最該關心的，應該是我手頭上正在撰寫的「戀愛小說」。要我拚命寫是無所謂，但要是——

「無趣斃了，退稿！」

稿件只得到這麼一句評語，直接送進垃圾箱的話就有所謂了。要我剖心掏肺寫到春日滿意的程度，又很不甘願。為什麼我得處處顧慮那女人的心情、甚至逼自己做不想做的事？

當我的無名火越來越旺時，形象清新的笑面郎君又再度插嘴：

「不會的。」

似乎是偷聽到了我的自言自語。古泉的手指並未離開筆記型電腦，喀擦喀擦地進行盲打。

「這是你過去的親身體驗，而且還是遇到我和涼宮同學之前的文獻紀錄，相信涼宮同學應該會讀得津津有味才是。」

你還真是手腳靈光，可以邊打字邊講話。可惜你掛保證也沒用。

「我打個比方吧。」

古泉的表情似乎很樂。

「你想不想知道我的過去？在我轉學進來這所學校前，我在哪裡、做了什麼事，每天又在想什麼，你難道都不想窺見一鱗半爪？」

這麼說來……應該說是聽你這麼一說，我也開始有點好奇了。小學時代的我要是拿到描寫超能力者日常生活的真實故事，會巴不得先睹為快吧。尤其是「機關」這個組織究竟是如何如何，即便是現在，求知的好奇心也不斷刺激著我。

「就算知道了也只會失望。基本上沒什麼趣味的插曲。相信你也知道，我是地域和時間均有限定的超能力者。」

古泉繼續說明：

「不過，我的日常生活確實不同於一般人。等哪天事情告一段落，我打算寫本自傳出書。等我完成了，我會在感謝欄裡記上你的大名。」

「不必了。」

「是嗎？我還在想出書之後，一定要送你一本呢。」

我懶得回答，伸手去拿茶杯。但手上的茶杯早就喝乾了，而朝比奈學姊仍然埋首進行繪本作業，第二杯也只好自己泡了。當我起身時——

社團教室的門砰地一聲打開，那女人威風凜凜進來了。

「各位，進行得怎麼樣？」

春日的情緒高昂得有些異樣，她大剌剌走進社團教室，在團長席坐下來，將手上的紙束擱在桌上，雙目宛如發射怪光線轉向我。

「啊，阿虛。你要泡茶的話順便幫我泡一杯。實玖瑠正在工作，不好意思打擾她。」

這時候還為反抗而反抗的話就太幼稚了。但起碼也要讓她知道我是心不甘情不願，我故意大大嘆了口氣，然後在陶壺裡注入熱水瓶的熱開水，再將淡然無味的茶倒入我和春日的茶杯，扮演臨時男侍端到團長席。

春日好心情的接過茶杯，喝了一大口。

「這什麼東西？只不過是淡茶色的熱開水嘛。幫我把茶葉換掉，快點。」

「要換自己換，我很忙。」

我很忙是不爭的事實，縱使是團長的命令，這種程度的抗命也應該允准才是。妳可別跟我說泡茶遠比製作社刊優先。

「哦～？」

春日不懷好意的一笑。

「你總算開始動筆了？很好很好。截稿前要趕出來喔，不然排版會來不及。」

我喝著自個泡的茶，探索春日好心情的由來。看來似乎和她丟在桌上的那捲A４紙有關。

「這個？」

春日敏銳地察覺到我的視線。

「這些是完成的稿子，就是外發的那些，大家都非常幫忙。只有谷口說打死他也寫不出什麼東西來，我才恩准他延到明天交。國木田倒是交了一半。那個人挺認真的，明天應該可以全部交稿。」

春日哼著歌曲，將原稿一張一張抽出來確認。

「這是拜託漫研社畫的插圖，這邊的是跟美術社要的封面底稿，然後這是電研社的稿子。光他們的就可以消耗掉很多頁數了。雖然他們在寫什麼我是有看沒有懂，不過呢，有就好。文中充滿了他們的熱誠，看得懂的人自然就覺得有趣，肯定是這樣。」

原來如此。也就是說春日在製作社刊的過程中發現了喜樂。從一無所有到大致成形，慢慢接近完成的過程，換作是我也會覺得很快樂。就像是組裝模型，或是打ＲＰＧ、越來越逼近魔王的心路歷程，總之就是那樣。本來就會很快樂。只要自己本身不是模型零件或是非玩家角色就好。

「你在碎碎唸什麼東西啊。」

春日一下子就將熱茶喝光光，甩著茶杯，笑裡藏刀的對著我說：

「快回自己座位趕稿去。身為局外人的電研社都如此拚命了，自家人偷懶的惡名傳出去怎麼得了。歸根究柢，這本該是我們自己的勝負。」

春日一旦找到像樣的敵對組織，就變得不可一世。害我的無名火又升上來了，真想一不作二不休告訴她學生會長的真面目。既然開唸了就順便再唸一下，學生會一開始找上的是文藝社員長門，妳只是個突然從旁殺出來看熱鬧的吧，為什麼由妳來主導呢，甚至還戴上「總編輯」的臂章！

我瞪視著古泉的側臉，思索這是他發動的春日解悶救世界大作戰的第幾彈。孤島是第一彈沒錯，惹人詬病的雪山是第二彈嗎？不，等等，喜綠學姊前來委託的巨大蟋蟀事件才是——不對，那次是長門吧？

就在我回想這些無意義的事情時，耳邊響起了敲門聲。

「打擾了。」

沒等人應門就自己打開，瘦高的人影闖入社團教室。

啪——！

彷彿聽到了鉗子剪斷鋼琴弦聲音的，大概只有我吧。

活像射擊遊戲的中魔王突然現身的，是學生會長。

而站在其斜後方的，是喜綠學姊。

會長切換到眼鏡會無意義閃一下的嚴肅模式，視線緩緩在社團教室內穿梭。

「很不錯的社團教室嘛！越來越覺得給你們用真是浪費了。」

「你來幹嘛！你會妨礙到我們工作，可以請你滾了嗎？」

變臉變得比特攝英雄變身還快速的春日，一轉眼就切換成壞心情模式。她雙手抱胸，姿態擺得比會長還高，完全沒有起身的意思。

會長正面承受春日的殺人視線攻擊。

「就當作是視察敵情吧。我不打算與你們握手言和、化敵為友。基本上我只是來看看這邊的狀況，順便提醒你們條件，巡視你們有沒有認真打拚吧。看樣子是有在動。不錯不錯，不過運動總量不一定直通結果。你們還是得專心朝目標前進，千萬不能有絲毫怠惰。」

這話輪不到你來說吧。可是搶先我一步有反應的是團長（目前是總編輯）。

「吵死了！」

啾嚕～～我幾乎聽見了春日的銅鈴眼變化成銳角倒三角形的效果音。

「假如你是特地來討罵的，很遺憾本小姐現在沒空！我也不想降格和你一搭一唱！」

「我也沒那閒功夫陪妳耗。」

會長做作的彈了一下手指頭，使得我差點以為這位戴眼鏡的幹練學生會長要出聲叫「服務生！」了，結果並不是。

「喜綠同學，把那個拿給她。」

「好的，會長。」

喜綠學姊將腋下夾著的一疊冊子捧在手上，靜靜朝春日走去。

長門的目光又回到膝上精裝本翻開的那一頁，完全不受影響。

「……………」

喜綠學姊似乎也沒注意到長門，漾開了笑容。

「喏，這是資料。」

她遞給春日那疊似乎年代久遠的冊子。

「這什麼東西？」

春日毫不隱藏困惑的神情，可是——這女人只要是人家給的，就算是受到詛咒的小道具也照收不誤。只見她收下舊冊子，眉毛的角度昂然高揚。

會長面帶諷刺的整了整眼鏡說道：

「那些是以前的文藝社發行的社刊。多多參考吧。我擔心對事物向來有獨到見解的妳，很可能會弄錯『文藝』這個詞彙的意義。不必謝我，要謝就謝喜綠同學吧！是她辛苦從資料室的書架上翻找出來的。」

「哦——謝謝。但收到這份禮，我一點也不開心。」

春日臉上的表情活像是收到敵人單方面送過來的鹽，自己本身卻一點也不缺鹽分的甲斐國領主（註：「送鹽予敵」源起於日本戰國時代，武田信玄與宿敵上杉謙信經過無數次對陣，產生了微妙的友情。後來武田信玄與今川北條家對立，鹽的運輸被中斷，苦於無鹽可用之時，上杉謙信甚至將越後的鹽送給武田信玄），她將那疊冊子重重放在團長桌上，忽然想起使者是誰似的開口道：

「哎啊，妳不是……咦？妳是學生會的人？」

「是的，從本年度開始。」

喜綠學姊沉穩回應。一鞠躬之後，踩著無聲無息的步伐回到學生會長身旁。春日滿不在乎的問道：

「妳和那位男友，現在怎樣了？交往得還順利嗎？」

春日指的「男友」，肯定是電研社社長。

「那時候真的很謝謝你們。」

喜綠學姊的微笑絲毫不受動搖。

「不過——我們已經分手了。現在回想起來，我們好像也沒有真正交往過，感覺已經是很遙遠的記憶了。」

她拐彎抹角的應答著。我可以理解她為何會這麼說，因為電研社社長根本就不記得和她交往過，相信他本人也會同意我的看法。說穿了他只是造訪ＳＯＳ團網站遭到了池魚之殃。唉，說來他真是怪可憐的。

「…………」

長門輕輕翻開書本下一頁。

在這個節骨眼，長門和喜綠學姊給我的感覺是她們彼此都在努力進行漠視戰。可是長門不管對誰都是這種態度，所以很可能只是我的主觀意識在作祟。最近不曉得怎麼搞的，總覺得有人給我戴上了異色眼鏡。

「哦，是嗎？」

春日的嘴角變得很畸形。

「沒差啦，反正你們還年輕，機會多得是。」

提醒妳一下，妳比人家還年輕——但我不打算吐這麼沒水準的嘈，有時候人就是得睜隻眼閉隻眼。況且喜綠學姊的實際年齡大概和長門差不多，她是不是比我們年長值得存疑。我認為她只是剛好分發到二年級學生的角色。

問題是這些事又不能說給春日聽。從長門的反應看來，喜綠學姊應該不是敵人。我裝作若無其事用眼角偷瞄了一下朝比奈學姊。起碼學姊還知道長門是外星人之類的。她頭一次被帶到這裡時的驚愕模樣就證明了一切。同理可證，如果她對喜綠學姊也露出同樣的表情，那就表示我的直覺是正確的。

但是——

「嗯——啊。呃——不對。」

惹人憐愛的學姊仍然專心在畫繪本，似乎完全沒有察覺有兩人組闖入社團教室。我是該讚賞學姊全神貫注的集中力，還是該擔心她越來越像個小迷糊呢。如果是後者，那全是春日的教育成果。

在我不知所措站著的期間，春日和會長開始了你一言我一語的攻訐性應酬。

「聽說你們打算出小說誌？」

會長不懷好意的說道：

「問題是，你們寫得出像樣的小說嗎？」

「到底要我說幾遍！多謝你的雞婆。」

春日毅然決然地反擊。

「我一點都不擔心。」

春日露出讓我禁不住想調查是從哪裡的蟲洞湧出的自信表情。（註：蟲洞（Wormhole）是根據拓樸學思考出來的時空構造。試想蛀蟲要從蘋果表面的A點到達B點，最快的捷徑就是穿過蘋果。蟲洞也就是連結兩個時空的最短點）

「寫小說簡單得很！根本就不用人家教。連笨蛋虛都會。因為大部分的人都會寫字啊。只要會寫字，就會寫文章，再把文章串連起來就好。寫字又不需要特別訓練，何況我們又是高中生。所以寫小說根本就無需練習，只要肯動筆，就寫得出來。」

會長推了推眼鏡。

「對於妳的樂觀想法，本人只有佩服兩字可言。可是──再怎麼說都太幼稚了。」

我也深有同感，不過這時候最好別太刺激春日。即使那是某人跟會長套好的台詞，屆時遭受春日怒火焚身的可是窩在這裡的我們。

不出所料，春日抽動的眉毛和眼尾的角度形成了銳利的刀刃狀：

「我是不知道你有多偉大。不過呢──就算你真有那麼偉大，我也最討厭你這種自以為是的傢伙！明明就是根蔥，還硬要裝蒜！」

她就是這麼一個就算口不擇言也要吵贏架的人。放著不管可能會演變成鬥嘴大會。不管怎麼說，會長就是比團長偉大。就算是演戲好了，能在化為憤怒火球人的春日面前平心靜氣也不是省油的燈。會長是，喜綠學姊也是。

「嗯。我是沒有很偉大。不過妳都是用偉不偉大來衡量一個人的嗎？我多少也有些傲人特質，才能在公正公開的選舉中坐上會長寶座。至於妳……妳又是憑什麼坐上那個位置的？團長閣下？」

真不愧是古泉挑選出來的人才！這位會長的心臟著實強得可怕。面對春日仍然能氣定神閒反唇相譏的人，這所高中除了他想必沒別人了。

可是——春日就是春日，她也不是被嚇大的。這是我說的，絕對不會錯。

「你想挑釁我是沒用的。」

校園內非合法組織的領袖，以毛骨悚然的甜笑取代了發飆。

「學生會是想連同文藝社，一併擊潰ＳＯＳ團吧。我才不會讓你們稱心如意。」

春日朝我看了一眼。妳看我幹嘛？

晶亮的眼眸很快將會長刺成了串烤：

「我絕對不會離開這裡。要我告訴你原因嗎？」

「但聽無妨。」會長道。

假設春日的聲音是微波，她以遠比任何微波爐都來得有功率的音量說道：

「因為這裡是ＳＯＳ團的團辦，這個ＳＯＳ團乃是本小姐的團！」

說完想說的話，並讓春日說完想說的話，會長就和隨從喜綠學姊回去了。

「真是，氣死我了！那個笨蛋會長到底是來幹嘛的！」

春日的鴨嘴翹得老高，碎碎唸個不停，啪啦啪啦翻起喜綠學姊帶來的文藝社舊刊。

春日母金剛的喔吼吼，就連朝比奈學姊也給吼醒了。待她注意到有客人來訪，慌慌張張起來泡茶時為時已晚，不過也因此，我終於又能品嚐到朝比奈學姊沏的甘泉，並得以心滿意足的繼續執筆……只是不太順利。

如虹的氣勢一旦中斷，就會變得意興闌珊起來。再說主題是抽籤決定的，加上又是寫自己過去的插曲。

可是——某人才不會管你是不是意興闌珊。在會長登場之後，春日熊熊燃燒的幹勁化為無形的火舌，這會已竄升到社團教室的天花板。

「大家給我聽好了！」

春日鴨口大張：

「既然如此，我們拚死拚活也得做出社刊，而且還要做出超高水準的東西，讓讀者搶購一空，一本不剩，好挫挫學生會的銳氣！聽到沒有！」

社刊不是拿來賣的而是送人的，我也不想為這種東西拚到過勞死，只是萬一沒趕上截稿，就有接受死不了但跟死差不多的懲罰遊戲之虞。受不了，就算是職責所在，那位會長也演得太過火了。古泉你也是，現在是露出滿足苦笑的時候嗎？

「就我個人而言——」古泉又照例對我咬耳朵。「我是相當滿足。只要涼宮同學的目光專注在日常事物上，我就能跟那個空間繼續無緣下去。」

對你而言是不錯，可是對我呢？求求你，饒了我吧，別再把我捲入以學生會為假想敵的校園鬥爭了。我知道那位會長只是做做樣子，問題是毫不知情的春日會做出什麼反擊，根本沒人知道。萬一這次製作的社刊未達到會長的條件，咱們就吃不完兜著走了。春日絕對不會爽快交出社團教室，我可不想死守在這種地方，慘遭兵糧不足活活餓死的命運。

古泉發出咕咕鳥般的笑聲：

「你想太多了，我們當前的難關就是完成社刊，而且要設法完成。萬一無法達成——」

沉穩的笑臉，突然透出一絲謀略家的神情。

「到時再策劃別的腳本吧。死守城池啊……那樣也不錯。」

照鶴屋學姊的觀察，學生會長像是司馬仲達，如果是古泉，她會用誰來比喻呢？黑田官兵衛之流嗎？（註：黑田官兵衛（西元1546～1604），本名黑田孝高，智謀出眾，與同為豐臣秀吉軍師的竹中重治（半兵衛）並稱為「二兵衛」）。

我一面幻想著被設計水攻淹城的高松城城主的心情，一面祈禱對校園陰謀物語有著無比憧憬的古泉別真的發動謀略戰。（註：豐臣秀吉奉命帶兵攻打高松城。但城主清水宗治英勇善戰，屢攻不下。最後是黑田官兵衛獻計，秀吉改以水淹地勢低窪又有足利川經過的高松城，眼看城民一個個餓死，宗治迫於無奈只得開城門講和。）

結果這天，我的稿子還是沒寫完。受到干擾也是原因之一，在那之後我連一個字都沒寫。

所幸，春日點收好完成的原稿，又跑出社團教室。不知她是想到新的發包單位，還是趕著去催稿……

春日再度回來時，剛好催促學生離校的音樂開始播放，和長門闔上書本的時刻一致。我混在文思泉湧的古泉，和孜孜不倦努力創作的朝比奈學姊之間，拿起書包站了起來。

難得春日並沒有叫我抱著筆記型電腦回家繼續寫。或許是暴衝的怒氣讓她沖昏了頭吧，這對我真是再好不過。

集體放學途中，從山上吹來的冷風雖然寒徹骨，卻也讓人感受到了春神的氣息。下學年若有新生想加入文藝社，那名新社員也會自動被編入ＳＯＳ團吧——想著想著，我已經到家了。

所以，我繼續為自傳性小說奮戰，是在隔天放學後。

呃～我寫到哪了？啊，寫到買電影票那裡。

那麼，就從那裡提筆再寫。

我和美代吉順利入場，坐在不是很寬廣的單廳戲院中央座位。這部電影果真不叫座，客人別說是三三兩兩了，根本就是空空如也。

至於那部電影到底是什麼樣的片子，說穿了就是血腥恐怖片。坦白說，我不是很喜歡那類型的片子，但是這一天我也不好不順從她的願望。

播映時化為熱心的影癡欣賞大銀幕的她，一遇到恐怖片特有的驚嚇鏡頭就嚇得別過臉不敢看，有一次還抓住我的手臂，不知怎麼的，這讓我覺得心頭一暖。

除此之外，她的眼睛都死盯著影像不放，得一影迷至此，相信電影製作群死了也甘願吧。基本上，若要我發表對這部電影的觀後感，坦白說只有一句：「這就是所謂的B級電影吧。」不能說難看，也稱不上值得一看。我對這部電影的影評完全沒印象，想必片商也沒怎麼宣傳吧。

為什麼她會指定看這部電影呢？

當我詢問她時——

「裡面有我喜歡的演員參與演出。」

她有些羞赧的回答。

工作人員名單尚未播畢，布簾就已闔上，於是我們離開了戲院。

時間已過中午。當我在考慮要先找個地方吃中餐，還是直接回家時，她又以十分客氣的語調說道：

「我想去一家店，可以請你陪我去嗎？」

定睛一看，她翻開的情報誌那頁角落用紅筆圈了起來，那是從這裡徒步就能走到的店。

我考慮了一下後回答：

「當然可以。」

在我如此回答後，我們就依照雜誌上記載的簡易地圖開始走。她始終都表現得很文靜，走在我的斜後方。中間應該有聊些什麼，但我想不起來。

走了一會，我們抵達一家小巧精緻的咖啡館。外觀裝潢得很時尚，卻是男生單獨進去要鼓起相當大的勇氣、會讓人誤以為走錯地方的一家店。我不由得在店門口停了下來、裹足不前，美代吉擔憂的抬頭看著我，我才推開自然風格的木製門。

不出所料，店內的客人幾乎清一色是女性，氣氛相當熱鬧。幸好尚有幾對男女情侶，讓我鬆了口氣。

幫我們帶位的女服務生，一直微笑地看著我和美代吉，又微笑地端來盛好水的玻璃杯，接著又微笑地問我們要點什麼。

我審視了菜單三十秒鐘，最後點了番茄義大利麵和冰咖啡，美代吉則點了精製午茶組合。感覺上她似乎一開始就決定好要點什麼了，從女服務生端來的多達十種的蛋糕樣品中，毫不猶豫就指著栗子蛋糕。

「妳只吃午茶組合就夠了？」

印象中我有這麼問。

「只吃那個，肚子不會餓嗎？」

「不會，這樣就夠了。」

她挺直腰桿，小手放在膝上，神情緊張地說道：

「我的食量很小。」

真是意外的答案。可能是我一直盯著她瞧的緣故，她連忙低下了頭。我慌忙辯解，好不容易才讓她臉上重展笑靨。回想起來，我當時說的淨是些丟臉得讓人冒汗的話。像是做自己才可愛啊之類的，嗚，光是寫出來，我就快不行了。不過——美代吉確實是相當標緻的小女生，足以迷倒她們班一半左右的小男生。

送上來的栗子蛋糕和大吉嶺紅茶，她差不多花了三十分鐘才全部送進嘴裡。我倒是很快就吃完了，在那段期間，連冰咖啡的冰塊融化的水也喝得一滴不剩。

雖說手邊沒什麼可吃的了，為了不讓她感到尷尬，我隨便想到什麼話題就丟出去，看著她不時點頭或搖頭……不，仔細想想，我並沒有體貼到那種程度，當時的我只是個操心大王，也或許是當時很緊張。

其實咖啡館的那點餐費由我請客也未嘗不可。可是她對於自己的份要自己出這一點，自始至終都很堅持。

「今天是我請你出來陪我，怎好意思讓你破費。」

以上，就是她的制式藉口。

付完帳後，我們又漫步在明亮的陽光下。繼恐怖片、漂亮的咖啡館之後，接下來她又想去哪？還是要打道回府了？

「…………」

她沉默地走了好一陣子。然後，終於說道：

「我最後想去一個地方……」

她小小聲告知的那個場所，正是我家。

就這樣，我將她帶回我家，彷彿在等我們回來的妹妹迎上前來，我們三人便一起玩電動。

「呼。」

寫到那裡，我停止了打字動作。

在這間社團教室裡，只有古泉和長門。春日依舊在當校內飛人，朝比奈學姊則是去美術社進行插畫最終定稿。

我準備重看一次自己的文章時，視界的邊緣出現了古泉的臉龐。

「你寫完了?這麼快?」

「怎麼說呢……」

儘管我的回答很模擬兩可，但聽到古泉這麼一說，我開始覺得就這樣結束也不錯。仔細想想拚命趕出這種流水帳小說到底是為哪樁?一切都是為了文藝社以及長門——若果真如此，我會拚得很甘願，可是事實上這只是ＳＯＳ團想繼續霸佔這間社團教室作為根據地的手段，也是春日解悶計劃中的一環。暗中穿針引線的是古泉，意圖濫用職權的會長則形同古泉的傀儡。說穿了，這是迂迴到不行的自編自演事件。

然而，深受古泉期待的第二幕——ＳＯＳ團對學生會全面戰爭，我個人是覺得能避則避。最好也最保險的作法，就是以長門為中心。我真想讓那傢伙充分擁有和平安穩的學生生活。只要看到坐在這間社團教室一角、靜靜閱讀的長門，心湖就感到一片平靜的人相信不只我一個。

「算了，無所謂。」

我用下巴叫古泉過來看。

「在讓春日過目前，我想聽聽你的意見。你看一下。」

「那小弟就恭敬不如從命了。」

我一邊望著古泉興致勃勃的臉龐，一邊操作觸控板。

團員配給的筆記型電腦都接上了團長桌御用桌上型電腦伺服器的ＬＡＮ，操作一下鍵盤，放在教室角落的印表機就會啟動，吐出列印好的紙張。

幾分鐘後。

古泉看完後，咧嘴笑了一下，道出以下的評語：
「這個，懸疑推理類不是應該由我來寫嗎？」
果然發現了嗎？
「你這什麼意思？」
我決定裝糊塗。
「我又不打算寫推理小說。」
古泉的嘴角咧得更開了：
「那這就更有問題了。這個……實在稱不上是戀愛小說。」
那麼，我寫的究竟是什麼東西？
「這充其量只能算是自爽文。炫耀自己和可愛的美眉約會過。」
一般看來是那樣。可是──古泉，你應該還注意到別的事吧？沒有感覺怪怪的地方嗎？
「開頭就很怪，這是很顯而易見的，要我不去注意到還真難。」
將稿子整理整理，古泉取出原子筆，在其中幾張做記號。是※記號。沒錯，前面文章中的（※）就是古泉加上去的。
「你這位作者還真親切，接二連三把線索都寫出來了。再遲鈍的讀者，看到（※4）那裡都會恍然大悟。」

我決定假裝失憶，嘖嘖舌，轉向一旁。看一看長門不動如山的身影，求個安心。託長門的福，眼睛是安心多了，耳朵卻遭到古泉的追擊。

「再寫下去也是沒有結尾。我有個提案，後面可以再加個一兩行吧？也就是揭穿戲法的部分，應該不會花你太多時間。」

果然還是有頭有尾比較好嗎？

遵照古泉的建議固然令人光火，但是我有預感這次最好是聽他的，畢竟他才是正牌的春日精神分析專員。

嗯？等等。我幹嘛要如此在意春日的讀後感？無理的要求我寫戀愛小說的是那女人，而克服千辛萬苦設法完成使命的人是我，朝比奈學姊和長門也一樣。要挑毛病的話，應該率先彈劾擅自坐上總編輯大位的春日才對。

我盯著液晶畫面的狀態，古泉露出了富含深意的笑容：

「其實你大可不用那麼煩惱。我會察覺到的事，涼宮同學肯定也會察覺。在你接受盤問之前……喔哦。」

古泉壓住學生西服的口袋，裡邊響起像是小蟲子在拍翅的聲音。

「失陪一下。」

掏出手機的古泉，看了螢幕一眼說道：

「有例行公事進來了。容我告退一下。請放心，只是單純的定時報告，不是那個。」

像是在為自己的話掛保證似的，古泉帶著爽朗的笑容走出社團教室。搞不好這小子正暗中和某個女學生交往。八面玲瓏如古泉，就算背著我們從事凡人的志業也不算不可思議。

所以，教室裡只剩我和埋頭閱讀的長門了。

長門的臉抬都沒抬。想跟她說點什麼，又不知道從何說起。明知是蛇足還要添上去嗎？在沉默之中，我將寫到一個段落的類小說存檔後，又開了一個新的記事本檔案。全白的畫面從液晶螢幕上跳出來。

好吧，我就盡力寫寫看。照古泉的建議，寫個二行就結束。

喀擦喀擦地敲著鍵盤，句子沒有冗長到需要推敲的地步，我就直接下了列印指令。

在審視印表機吐出來的那張紙時，我頓時有股想將全部文章刪光光的衝動。這種東西叫我怎麼交得出去，就算是陳年舊事也太難為情。

我將作為文章結尾的最後一頁折好，收進學生西服的內袋裡。

就在此時——

「谷口又逃掉了，明天非把他綁來寫完不可。阿虛，你也是！再不快點完成，總編輯就要發飆了！」

春日進了社團教室。

然後，目光停駐在我那份古泉放在長桌上的原稿。

等一下！——無視我的祈求，春日動作神速的奪走了列印完畢的影印紙。她回到自己的座位，慢條斯理地開始閱讀。

我此時的心境可說是「死定了」與「早死早超生」各佔一半，觀察起強勢總編輯的表情。

一開始，春日還露出賊賊的笑容，途中就變得面無表情，每翻一頁，臉上的表情指數就少一分。看到最後一頁時，表情又變了。

哎呀，真難得。我居然有讓春日目瞪口呆的本事。

「這樣就沒了？」

我乖乖的點了點頭。長門一語不發，直盯著書本翻開的那一頁。朝比奈學姊外出中。古泉也編了個理由離開了。一時半刻我要上哪去找能轉移春日注意力的人？

可是——

春日將我的稿子放在桌上，重新審視我。

然後，富含深意的笑了起來。笑容跟古泉如出一轍。

「結尾呢？」

「什麼結尾？」

我決定裝蒜裝到底。

春日笑得很溫柔，溫柔得令人毛骨悚然。

「這樣就結束了，鬼才相信。這個叫美代吉的小女生後來怎麼樣了？」

「天曉得。八成在某處過著幸福快樂的生活吧。」

「你騙誰啊！你一定知道！」

春日手扶著團長桌，直接越過桌子跳到我面前。我連閃都來不及閃，就被揪住領帶。妳這蠻力女……我快不能呼吸了啦！

「想要我放手就快說！而且要老實說！」

「什麼老實說……那不就是小說嗎？對，那是虛構的小說，裡頭寫的那個我並不是我，只是我寫的第一人稱小說的角色而已，美代吉也是。」

眼看春日的笑臉越來越靠近，揪緊我脖子的力道也越來越加強。不行，窒息的危機已迫在眉睫……！

「睜眼說瞎話。」

春日朗聲說道：

「打從一開始，我就不認為你寫得出虛構的小說。以你的程度頂多只能從身邊的人取材或是改編聽來的故事。在我的直覺，這篇文章怎麼看都像是以真實故事為藍本。而且是你的。」

春日的眼眸閃閃發亮。

「美代吉是誰？和你是什麼關係？」

她領帶抓得更緊了，我只好吐實：

「她偶爾會來我家，吃個晚飯再回去。」

「就那樣？應該還有別的吧？」

我反射性壓住學生西服的胸口。對春日而言，那個動作洩露得就夠多了。

「啊～哈！剩下的稿子就是藏在那裡吧。快交出來！」

她的嗅覺就是這麼靈敏，讓人感嘆又感佩。在我出聲讚賞前，春日又發揮了另一種實力。

她將右腳伸入拚命掙扎的我雙腿開叉處，展露一記不知在哪學來的，華麗的內側勾腿。

（註：內側勾腿是相撲招式）

「嗚～」我發出虛弱的哀嚎。

整個身子欺上來的春日將我壓倒在地。她採取騎乘式壓制，騎在我身上，手探入學生西服的內側。我試圖抵抗。

「有希，快來幫我！幫忙壓住阿虛的手。」

一說完，春日就開始脫我的西服。喂喂喂，妳這女人到底有沒有羞恥心啊？朝比奈學姊還不夠妳脫嗎？妳這花癡！

「幹嘛啦！住手！」

我向長門投以求助的眼光，但看到的是一張有點不知所措的微妙無表情。

不知何時，長門已打開了自己的筆記型電腦蓋子。

什麼時候打開的？這傢伙可是擁有侵入電研社的電腦改寫程式的駭客技巧，要偷看我的電腦內容是易如反掌。呃，她看到了嗎？

「…………」

長門誰也不幫，只是以冷靜的目光觀望我和春日的地板戰。

就在此時——

「我回來了——呃!?」

朝比奈學姊登場了。早不回晚不回，竟然挑這時候。看到仰躺在地上的我，和跨坐其上大膽進行逆騷擾的春日，不知她會作何感想。

「對、對不起！我什麼都沒看見！真的！」

迷糊學姊喊出狀況外的話飛也似地跑掉了。

「…………」

長門仍在靜觀中。

「你敢不聽總編輯的話?快,快交出來!」

春日露出凶殘的笑容。

我一邊用手護胸,一邊努力撥開春日的魔爪,心裡不斷祈禱。

古泉,我現在只能靠你了。求求你快點回來吧。

最後列印出來的那一張,也就是我收在學生西服內袋裡的那一頁,上面是這麼寫的。

附帶一提,吉村美代子,我稱之為美代吉,是我妹的同學,也是我妹最要好的朋友。當時的美代吉,只是年僅十歲的小學四年級學生。

距今一年前,美代吉就出落得亭亭玉立,一點都看不出是我妹的同學。身材高眺得讓人懷疑她的食量是否真如自稱的那麼小,不管是外型,或是驚鴻一瞥的嬌媚神情,在在都比朝比奈學姊來得有女人味。也多虧她的外貌不像小學生,電影院售票員和收票工讀生才會順利放行。

就算發現了，我也懷疑他們是否會將財神爺擋下來。我沒出示學生證，也買到了學生票。

那天看的電影按照電影分級制度是ＰＧ－12。也就是未滿十二歲者需有成人陪同觀賞的保護級。我早就滿十五歲了，自然沒有問題。

問題是美代吉。不過她似乎也很清楚自己的外貌不像是十二歲以下。

只是單獨闖關的話，多少又有點怕怕的。而她的雙親都是恐龍時代的老頑固，難以理解血腥的Ｂ級電影有何好看之處，更不可能同意帶她去看，只會被唸而已——以上是她的解釋。

就算想邀朋友去看，我家小妹至今看起來也仍像是個小學低年級學生。那部電影過三月就下檔了，動作再不快點，就會錯失賞片良機。

於是她開始思索。願意陪她去觀賞，買票也不會被刁難的人是誰？

就是我。

不是我自誇，從以前我就特有小孩緣。這可能與同輩親戚的年紀多比我還小，去鄉下玩在一塊時，常被耳提面命要照顧小朋友的習性息息相關。

當然，招待妹妹的朋友也是家常便飯。美代吉就是其中之一，她對我也是知之甚詳。常去的好朋友家裡的哥哥，春假期間閒沒事幹的傢伙。以小學四年級學生的交友範圍而言，我自然是她頭一個想到的適當人選。

她的思維是這麼走的。看完電影後，順便再找個兒童不好單獨進入的地方坐坐吧。於是，她挑上了那間咖啡館。難怪當時那位女服務生會一味對著我們微笑。即使是身材高䠷的小學生想獨自進店裡，門檻也是過高；就連身分上還是國中生的我都有點膽怯了。咖啡館裡的我和美代吉兩人，在旁人的眼光中頂多就是兄妹罷了。不會錯的。

如今已是小五生，即將升上小六的美代吉，也就是吉村美代子。再等個五年，可望成為朝比奈學姊的接班人。

假如她在某處被春日撞見的話。

好，接下來都是日後談。

社刊總算如期趕出來了。雖然只是用影印紙印刷，再以業務用釘書機裝訂成冊，但是內容方面——不是我阿盧賣瓜——真可說是相當充實。

其中最出類拔萃的，莫過於鶴屋學姊寫的冒險小說。這部題名為「可憐！少年N的悲劇」的短篇詼諧小說，凡是看過者無不笑翻。我也笑到不行，眼淚都飆出來了。這世上居然有如此歡樂的故事——好久好久沒有這種感覺了。看了之後顏面肌肉毫不鬆動的也只有強者長門了，不過那位強者若是帶回自家偷偷再看一次，說不定也會竊笑不已喔。鶴屋學姊活潑生動的文筆構築出的鬧劇小說，就是如此令人捧腹絕倒的好物。

我以前就隱約在想，現在更有切身的感受，鶴屋學姊那個人該不會是天才吧？

至於其他ＳＯＳ團相關人士的作品則有——谷口寫的無聊透頂的日常隨筆、形同國木田小知識的用功術專欄、漫研社的某位苦主被逼著贊助的四格漫畫等，拜春日熱心地來回奔走邀稿暨催稿之賜，文藝社社刊終於以磚塊書形式面世。費了九牛二虎之力才將全部文章以釘書機裝訂成冊的兩百本社刊，連宣傳都沒做，短短一天就索取一空。或許春日之前為了發外稿四處奔走的舉動，無巧不巧成了最好的事前宣傳吧。

儘管如此，春日還是信守「我會寫的」的承諾，除了自視甚高的編輯後記，另外還加了一篇短文。

題名是「讓世界變得更熱鬧之一・迎向明天的方程式備忘錄」，內容則滿載圖形和記號，是疑似論文的東西。根據春日的說法，這是她為了讓ＳＯＳ團永續經營所想出的……類似想法那一類的理論，但在我看來這無異是天書。要我形容對它的印象，就像是混沌的秩序那般意義不明、宛如從春日的腦袋裡直接流出來的東西一樣——

然而，朝比奈學姊看過那篇類論文後，卻大吃一驚。

「怎麼會……原來那個東西是這樣來的啊……」

由於學姊驚愕得睜大了眼眸，可愛的眼珠幾近要跳出來似的，我不禁詢問她緣由。

「詳情我不能說，那是禁止項目……」

朝比奈學姊先是委婉拒絕，爾後又說：

「我只能告訴你，這是時間平面理論基礎中的基礎。是我們那個時代的……呃唔，像我這樣的人，不管是誰一定都要先學這個。發想者究竟是哪個時代的哪位人士，一直是個謎……但我沒想到，那位人士會是涼宮同學……」

之後就閉口不談。我也跟著閉口不語，腦中開始浮現如下的妄想。

春日起碼有帶一本自己做的社刊回家吧。無法斷言那個像是聰明小博士的眼鏡少年完全沒機會接觸那本社刊。畢竟春日是那名少年的臨時家教。說到小博士，我和朝比奈學姊也給了他很大的契機，也可能不只是那樣。結果春日才是最根本的源頭嗎？就算不是，也似乎有許多複合要素。如此一來，我對朝比奈（大）的詢問事項又增加了一項。

春日專程前往學生會室報告，社刊贈閱當天就索閱一空的好消息。可想而知，春日得意得屁股都翹起來了。

學生會長對春日耀武揚威般的登場，眉毛連動都沒動，只有眼鏡閃了一下。

「君無戲言，本人認同文藝社的存續。但是，那不表示我就承認ＳＯＳ團的存在。妳最好別忘了，我的任期還要好一陣子才會期滿。」

撂下此地無銀三百兩的狠話，便轉身背對春日。

把會長那番話視為敗北宣言的春日，意氣風發地回到社團教室，在長門淡淡的注目禮中，和朝比奈學姊跳起凱旋之舞。唉唉唉，她小姐高興就好。

無論如何，這起騷動總算是圓滿落幕。之後只需等待真正的春天到來。

假如接下來的日子都平安無事，我們就會各自升級。剩下的年中行事，會讓春日蠢蠢欲動的，就只有春假時期了吧。

這一年說長不長、說短不短，總之是一言難盡。以下的話各位看看就好，可別說出去。我將今年四月月曆的一個地方圈了起來。那是去年開學典禮的四月某日。

那是就算某人忘了，就算春日本身不記得了，我也不可能忘得了的紀念日。

我有自信，一輩子也不會忘記和春日相識的那一天。

只要我沒有失去記憶的話。

猛然一記扣球襲來，在地板上彈跳、發出痛快聲響的同時，現場歡聲雷動，反射到體育館的天花板上，朝我所在之處傾注而下。

我身穿被泥土沾得髒兮兮的體操服，雙手放在身後，慵懶地伸長了腿。身心全處於弛緩狀態的我，放鬆至此究竟是為哪樁？就是當一個再單純不過的觀眾。畢竟今天學校已沒別的事好做，沒事好做也不能擅自離校，不能離校就只好像這樣俯看著樓下的情況。

我就坐在體育館兩側突出的貓道，也就是設有扶手的狹窄通道。各地體育館的情況應該都一樣。設置這個的目的為何我不曉得，反正一定是像我現在這樣觀賞比賽用的，何況這會兒大夥或坐或臥，在一片懶洋洋氣氛中消磨時間的也不只我一個。

旁邊跟我一樣懶散的谷口發表了感言：

「我們班的女生好強啊。」

語氣中聽不出佩服與否。

「是啊。」

我有一搭沒一搭的回應，繼續追尋在球場上空飛舞的白色排球行蹤。從對方陣地發來的山形發球，呈拋物線落下時被接起，經過托球的步驟，以幾近垂直的角度昇空。

從攻擊線遠處過來追球的體操服美眉，藉著助跑的加速度跳起，以漂亮的躍動感揮下右手，那顆被注入全部位能和動能的可憐排球頓時成了奪命殺球，擊破敵隊的雙人牆，直搗球場角邊。完美的後排進攻，擔綱主審的排球社社員吹起哨子。

場內爆出歡呼聲。

大概是太閒了吧——

「喂，阿虛。要不要來賭哪一邊贏？」

谷口不甚熱誠的提案。這主意是不錯，然而除非這是讓分賽，要不然怎麼賭都不公平吧。

（註：在不被眾人看好的弱勢球隊上加上X點數謂之為讓分，賭盤賠率制定者藉此來保證投注公平性。）

我搶在谷口開口前先聲奪人：

「五班贏定了，絕對錯不了。」

谷口嘖了一聲，我轉向他的側臉，繼續說：

「因為有那女人在。」

那名貼著球網華麗著地的女人，臉上浮現大無畏的笑容回過頭來。但她可不是抬頭看我，那張笑臉和社團教室裡那張志得意滿的臉亦大異其趣。那是正對著簇擁而來的隊友們，無言地傳達「這只是小CASE！」的表情。
一局就領先了十五分。
果然不出所料，我們一年五班女子A組得分足足比對方高出一倍，獲得壓倒性勝利。只見堪稱得分王的王牌攻擊手混在互相擊掌的同班同學中，獨自高舉握緊的拳頭，一一輕觸每人攤開的掌心。
在走出邊線途中，她總算注意到晾在體育館牆邊上方滿滿一排的我們。但她停下腳步抬頭仰望只有短短一瞬間，我很快就從那道再熟悉不過的兇光中解放。
不管做什麼都完美無缺，一牽扯到輸贏就化為無與倫比的好勝惡魔，這場排球賽的得分幾乎是她一人獨占，堪稱贏球最大功臣的那女人——啊，應該也不用賣關子了啦——就是涼宮春日，她從臨時湊成一隊的同學手中接過運動飲料，正津津有味地要將之一飲而盡呢。
相信大家都猜到了，我們學校正在舉行球技大賽。
三月上旬，期末考一結束，一般學校多是進入休假準備期，即使這所縣立高中也不例外。就校內行事曆而言，這時期除了巴望春假趕緊到來還能幹嘛?當初大概有人腦內靈光一現，每年這個期間才會被排入球技大賽的行程吧。

或許這是學校的美意，好讓學生活化一下因準備考試而僵化掉的腦袋，可是與其辦這種活動，我寧願學校多施捨幾天假。

順便提一下這次的賽程，男子是足球，女子是排球，我隸屬的一年五班B組在淘汰賽制的第一回合小輸宿敵九班，相當可惜。我不是因為古泉才敵視他們班喔，而是九班乃特別升學班的數理資優班，想當然個個都是頭腦發達的書呆子，要是沒在足球等球類運動上贏過他們，日後普通班要如何立足？拜輸球所賜，現在的我和谷口等其他男生已完全沒有立足之地。

實在也是無處可去，只好像這樣來到體育館，欣賞女生穿體操服的美景。

「不過話說回來，涼宮同學還真是厲害。」

道出這句人話的是國木田。因為春日的超級活躍，女子排球組下一場就是第三回合，我們早在第二回合中途就被打落貓道，淪為觀眾群了。

「為什麼她不加入運動社團呢？像她那樣的優秀人才可是世間少有。」

我舉雙手雙腳贊成。假如春日在田徑社，八成會包辦長中短距離所有項目的冠軍，進軍全國高中校際大賽吧。換作從事其他的體育活動相信也是同樣的情形，因為她有最堅忍不拔的好勝心，再沒有比她更喜歡第一、優勝等詞彙的人了。

我將目光轉往比賽仍在進行的隔壁球場——

「對那女人而言，遠有比將青春花費在運動上更重要的事吧。」

想說會不會碰巧看到長門或朝比奈學姊在比賽，可惜體育館內並沒有那兩人的身影。實在有點小遺憾。

「你是說ＳＯＳ團嗎？」

谷口有點嗤之以鼻的說道：

「哈哈，確實很像是涼宮的作風，她要是會做正常學生做的事才超乎想像哩！她從國中時期就那樣了，現在她只喜歡和你一起玩莫名其妙的遊戲吧。」

我已經懶得反駁了。

再怎麼說，這一學年已所剩無幾。球技大賽之後就進入課程縮短期，待在教室的時間相對也會減少。順利進入春假，待櫻樹抽芽時，我們也將自動升上高二。到時候，分班就成了學生極為重要的洗牌活動，往後一年的苦與樂可說是就此底定。我是如此喜愛愣呆谷口跟國木田，下學年也能在同一間教室上課就好了，但光是達成這樣的心願就很難。

在我呆呆地沉思時，國木田起身喚起了我的注意。

「下一場比賽好像要開始了。」

定睛一瞧，以充分展現領導能力的春日為中心，五班女生們已在球場上散開。

春神的氣息就快要拂面而來的時刻，位在山谷的這所高中還是冷到不行。我感受到的冷度或許連心情上的低溫指數都算進去了也說不定。原因無庸置疑，正是前天回到我手裡的考卷上頭打的分數所致。

我個人對那個分數是很滿意，但似乎還是無法滿足老媽的虛榮心，她頻頻跟補習班及家教班索取宣傳手冊，然後擱在我隨時都看得到的地方，搞得我胃痛不已。看來老媽就是要我考上任何一所國公立大學，事實上我交出去的升學就業志向調查表也是如此。總之呢，就是期望過高。此外……就是那個嘛。春日的插嘴也是原因之一。

我的期末考之所以未在紅線區低空飛過，全有賴臨時上任的家教春日在社團教室親自傳授我一夜速成秘笈。考試前幾天，春日一面在長桌上擺放教科書和上課筆記，一面說道：

「我可不准你給我補考或跑去補習喔。妨礙SOS團日常業務的蠢事，我一概不允許！」

只要牽扯到團的業務，一概不准推三阻四就對了。至於團的業務時薪有多少，在談這個之前，我就已經連連破財，所以不提也罷。

總之，比起在教室裡接受老師的監視、挑戰新的問題、上無聊的補課，邊在社團教室喝著朝比奈學姊泡的茶，邊和古泉抬槓要讓我安心自在多了，於是二話不說，決定向戴上寫有「教官」二字臂章的春日請教功課。

春日教官研擬的考試對策再單純不過，就是由她瞎猜出考試可能會考的重點，再叫我背起來。對春日過人的直覺已有深刻體認的我當然只有照背不誤。如果跟長門請益，她可能會一字不漏地告訴我考題和模範解答；若是跪求古泉，或許他也會利用不當手段將考卷從教職員室裡偷出來。不過我對超自然手段或是校園陰謀向來都敬謝不敏，還是乖乖啃書來得實在。更何況一看到開心地揮舞著教鞭，還特地自備平光眼鏡扮起家教老師的春日，很明顯地其他手段都不便考慮，我也不能只顧為自己著想吧。

看來春日下學期一定也想坐在我後面的座位。如此一來無論在上課中或任何時刻，都能用自動鉛筆筆尖戳戳我的背說道：「喂，阿虛。我想到一件事——」之類的開場白，再喜孜孜地說出一些不如沒有的想法。為此她有必要跟我同班，當然升學志願也必須大同小異才行，所以隨時注意我的成績顯然有其必要。因為我可是SOS專屬近似雜役的角色。這就跟只有軍官的軍隊在戰場上無用武之地是同樣的道理。下指令是春日的工作，而在那邊扛著包袱四處奔波的則是我。

事實上，這一年就是這樣過來的，而接下來的一年也將會是同樣的模式，這點我從來都不懷疑。春日絕對是這樣期待的，為了實現自己的願望，那女人任何超脫常識的事都幹得出來。必要時永遠重覆高中一年級的循迴也不無可能。

當然，我認為那個八月的狀況不會再發生。春日也不會想將這一年重頭來過。這點確信我還有。

你問我為什麼？那還用說嗎？因為我深知ＳＯＳ團成立的這一年間，對春日是多麼快樂的回憶。春日絕不希望那些五花八門的回憶全沒發生過。那種事也絕對不會發生。

看看現在的春日就明白了。

眼下的光景再度映入眼簾。

春日率領的排球軍團正迎戰總決賽。

「啪！啪！」春日東拍西擊獨擅全場。先聲明，我對春日每次縱身一躍時，衣襬不經意掀起所露出的肚臍一點興趣都沒有。我注意的是她臉上的表情。

一年前的四月、我和春日剛認識時，她在班上可說是被完全孤立，或者該說是她自己不想融入班上比較恰當。臉上一絲笑容也沒有，坐在我後面的座位不時擺著臭臉，一味地扮演著讓班上空氣直線降溫的角色。即便到後來和我比較有話講了，和班上女生也還是相當疏遠，現在看起來卻完全不是那麼一回事。她雖未加入班上的小團體，但是對周遭充滿敵意的排斥態度已不復見。

肯定是ＳＯＳ團的設立促使那女人朝好的方面改變了吧。不可否認的是，春日原本就擁有那樣的素質。春日變得古怪是從國中時代開始，在那之前她一定就擁有主動索敵飛彈般的行動力與噴射引擎後燃器等級的開朗本質，與其說現在的春日變好了，倒不如說她是恢復了原狀。

我不認識國一以前的春日。與那個國一版春日的結識也只是蜻蜓點水的程度。雖然我曾想找個時間查出有誰是春日的小學同學，再向他們打聽當時的春日究竟是個怎樣的人，不過我也只是心動而沒有行動。

體育館的排球場上，春日與常人一樣，正和同學們享受著球類競賽的樂趣，不過她看起來還是有點放不開。那種活像是想到了超棒的懲罰遊戲時所閃耀出的百瓦亮度得意面容，只限定出現在團員面前嗎？惜面如金的話就太暴殄天物啦，春日。

擊出了致勝殺球的春日似乎有些靦腆，以拳頭對準同班同學伸過來的手掌擊下去。

就這樣，球技大賽結束，本日在學校的行程也宣告落幕。

有社團活動的人各自去社團，沒有的人就此回家，ＳＯＳ團的團員自然是去文藝社教室集合，我也和心情奇佳地踩著小跳步前進的春日，一起前往有著坐慣了的鋼管椅的社團教室。

春日的好心情當然是來自贏得排球賽優勝。雖說拿到冠軍不能也不會有什麼改變，但在我身旁腳步輕盈的春日這會兒可是精神飽滿。加上在文藝社的休社未遂騷動中又順利扳倒學生會長，我不認為讓這女人陷入憂鬱情境的禍端很快就會到來。硬要說的話，大概只有升上高二一事吧。

按照古泉的說法，春日的願望大多都能心想事成，所以我、長門、古泉全和春日分到同一班的可能性也是有的。雖說古泉是特別班的，但是無論什麼事都能隨心所欲地改變的正是春日的變態威力。和朝比奈的眼中射出光束一事相比，這種心願顯得符合常識多了。問題是春日並不知道自己有此能力，所以大家都分到不同班也是有可能的，或許這樣子想才對吧。

目前只有春日不知道。若是請長門操控資訊、或動用古泉的組織，大部分的事情都能水到渠成。

因此我也樂觀其成。我就老實說了吧。我也很希望升上高二後還能坐在春日前面的座位。萬一不幸被分開，我可能會有種二度遇到聖誕節之前發生的春日消失事件的縮小版的錯覺。我也不可能不在意她在我看不到的地方又幹了什麼好事。

可是，一方面我又覺得真是那樣也無所謂，像我這樣就是所謂的二律相悖吧。就如古泉所說，春日驚人的能力若能逐漸安定下來的話，倒也不是件壞事。

只不過——心裡多多少少還是會感到有些寂寞吧。

也許是我的表情看起來頗為達觀吧，威風八面走著的春日由下往上偷窺著我，說：

「怎麼？」

「你怪怪的喔，阿虛。想說你一個人不知道在竊笑什麼，突然間卻又轉成嚴肅的表情，你有顏面神經痛嗎？還是足球輸球的傷痛至今仍無法平復？五班的男生真的不是我在說，怎麼這麼沒用啊。」

那是因為球技大賽的分組和攻守位置是抽籤決定的吧。運動神經好的都被分到A組去了。總之B組的後衛三劍客就是我、谷口、國木田。唉，雖然瘋狂鏟下了九班前鋒的球，無奈古泉從司令塔位置發踢的致命傳球就天高皇帝遠了。不過他們班在決賽時輸給了六班，想想比賽的結果還挺符合古泉半吊子的性格。那小子該不會是故意的吧？

「你在胡說什麼啊。」

春日似乎覺得很好笑。

「不過以古泉同學的行事風格是有可能放水。畢竟他們是九班啊。萬一被你或谷口這種對聰明人向來沒好感的笨蛋懷恨在心而反過來報復，結果受傷的話就太蠢了。那一班是有幾個惹人厭的，但我不會很討厭九班的人。」

有的話也早被妳轉學了……啊不，那是長門幹的好事吧？

在我正要解開回顧錄的繩子時來到了社團教室前。早就不知道將日本人進房時要先敲門的禮貌習性遺落在何方的春日，一口氣將門打開：

「實玖瑠！球技大賽妳們班比得怎麼樣？對了，有沒有冰茶？因為今天一直在都打排球，我的口又渴了。一定是水分不足！」

春日大剌剌地走進去，一屁股坐在御用團長桌上。

社團教室裡，SOS團已全員到齊，長門和古泉皆就定位，扮演完美俏女侍的朝比奈學姊抱著盛盤站在一旁的熟悉風景，真想請林布蘭或魯本斯等大師，將這平凡中見幸福的一幕忠實描繪起來。

「沒有冰的，對不起。」

朝比奈學姊一副自己做錯事的樣子說道：

「啊，我立刻幫妳做好嗎？冰在冰箱裡面……」

對了，我們有冰箱嘛，就在社團室裡。雖然是沒有冷凍庫的小冰箱，但是冰火鍋料或是罐裝果汁還是很好用。不過沒差啦，我在這裡的主要飲品都是朝比奈學姊泡的熱茶，瓦斯爐的功用遠比冰箱來得大。

「不用了。」

春日大而化之的說道：

「還要等它冰才能喝，多麻煩！何況茶還是現泡的最好喝。」

不久，春日和我的座位就送上了兩盞茶杯。茶水小姐朝比奈的心靈手巧又更上一層樓。當我猶豫著該不該對她的貼身丫鬟技能的提升讚譽有加時，朝比奈學姊顯得相當開心，喃喃道：

「冰茶啊……說得也是，下次買個冷泡式沖茶壺好了。」

假如學姊問我：她從未來來到這裡，鑽研的知識卻都僅限和茶葉相關有何看法的話，我的真心話絕對是高喊萬萬歲。我希望朝比奈學姊還是別在外頭四處奔波比較好，雖然不管從哪個

団長

角度，來看朝比奈學姊都是可愛到無人能出其右的女侍，但是未來人畢竟是未來人，要是朝比奈學姊為了自己的事情手忙腳亂，那肯定是牽扯到時間什麼的大事，問題是我又不像古泉，我只要一談到時間的話題頭就會開始痛。真心拜託我能與困難的圖形暫時無緣。

至於那個古泉，早就坐在自己的椅子上玩起一人黑白棋。

「你拿出了令人懷念的東西啊。」

我一邊喝著茶，一邊朝古泉手邊看去。仔細想想，這可是社團教室裡頭一個進駐的桌上遊戲，而且還是我帶來的。

「是啊，我們相識也快滿一週年了，由此回歸原點倒也不錯。」

雖然古泉在足球比賽中也始終笑容可掬，但待在社團教室裡的微笑更顯爽朗，在我有所回應前，將黑白棋的盤面恢復到初始狀態。

回歸原點是嗎。

雖然我的人生沒有長到值得回顧，但不知怎麼地，滿想說這一句話的。

我將內含磁鐵的黑白棋棋子一一拾起，視線不經意滑向旁邊。黑白棋。一年前。聽到這些就聯想到一個身影。而那個身影的主人，現在正靜靜坐在長桌角落扮演外國文學的學徒。

「……………」

長門有希與世無爭的閱讀身影。這位外星人出品的有機人工智慧生化人，初次顯露出類似感情的反應，就是我和朝比奈學姊在這下黑白棋時，當時的回憶仍歷歷在目。

說到這我才想到，我還沒跟長門在這類遊戲捉對廝殺過。只要她沒放水，我是不可能有勝算的。但是我通常不會輸古泉，難道那也是古泉故意放水？搞不好喔。

先不提這個。才剛在團長席就座的春日，安靜了好一會時間。開電腦、上網瀏覽是她平常的日課。當然打開瀏覽器後頭一個逛的就是我們SOS團毫無看頭的官網，讓計數器一天增加一次成了團長的業務之一。然後就悠游在電腦世界裡進行美名為寰宇搜奇的上網，偶爾還從某處下載奇怪的免費軟體並擅自安裝，以至於這台桌上型電腦裡到底裝了什麼又沒裝什麼，我是一點也不清楚。有時候連春日自己也搞不清楚，只好緊急搬救兵，召來電腦研究社社長搶救。算了，適材適所也是好事。

春天將至的閑靜午后，球技大賽才剛結束，全員多少都會有覺得疲累的時期，悠閒地度日反而感覺相當心曠神怡。

黑白棋下得很順手，朝比奈學姊的茶也相當美味。今天又將在無所事事中過去，轉眼就到了迎接放學的時刻。

——真要是那樣的話就太好了，可惜安息的日子不會永遠持續下去。

回歸原點。

活像是要讓我喃喃道出那句話似的委託，踩著舞步進了SOS團。

沒錯，就是委託。我們絕對沒有抓著它的脖子進來，也不是春日漫無計劃中造就的苦果。

委託人敲了敲社團教室的門，有如被大熊招待到自家玩的小鹿一樣客氣地進來，說出了讓春日喜上加喜的話。

我家附近有個地方盛傳有幽靈出沒。要不要去調查看看？

「幽靈？」

春日眼睛一亮，頓時像鸚鵡似地跟著回道：

「出沒？」

「嗯。」

阪中溫馴地點點頭，說道：

「鄰居都在傳，說那個地方搞不好有幽靈。」

阪中……下面的名字不記得了，不過她卻是我和春日一年五班的同班同學。坐上客用鋼管椅、接過朝比奈學姊泡的茶，阪中愁眉不展地說：

「那個傳聞是最近才有的。大概是三天前吧。我早就覺得那裡怪怪的……」

她微傾客用茶杯，好奇地環顧室內。尤其是吊衣架上吊得滿滿的朝比奈學姊的服裝。

我憶起春日主導的排球比賽。在女子A組中和攻球手春日搭配得最天衣無縫的舉球員，就是眼前這位阪中。

說實話，我對班上同學的印象至今仍很薄弱。應該說自從一年五班最耀眼、但現已不在的朝倉消失後，就再也沒出現像她那樣令人眼睛一亮的後繼者，連現任班長是誰我也不曉得。這麼一想，和其他同學比起來，谷口和國木田兩人跟春日還算是挺接近的。雖然以地球的距離而言，就像是木星和天王星那樣的距離。

可是，春日似乎絲毫未將班上的隔閡放在心上。

「請妳說得再詳盡一點好嗎？關於幽靈……對，幽靈。阪中同學，妳說的那個毫無疑問是幽靈吧？那麼我們的登場若說是無庸置疑也不為過了！」

現在她更是一副恨不得戴上「靈異偵探」臂章直奔現場，到處貼上封鎖現場的黃黑雙色封條而後快的模樣。

「嗯……等一下好嗎？涼宮同學。」

阪中慌張地搖搖手。

「我並沒有說那一定是幽靈，應該說是疑似幽靈那類的吧？畢竟那只是傳聞……不過，我自己也覺得那個地點很古怪就是了。」

成為包括長門在內的全體團員注目焦點的阪中，好不容易才發現到自己沐浴在五人的視線下，縮了縮脖子——

「請問……我跟你們說這個，是不是不太好啊……？」

「哪裡不好了？好得不得了啊！阪中同學！」

春日興奮得大吼：

「管它是惡靈、生靈、地縛靈或浮遊靈都隨它去！只要能見上幽靈一面，不管是坐到哪的車票，我都照買不誤！總之，聽到這種事，要我坐視不管是不可能的！」

妳坐視不管的事，本來就不多好不好。

「阿虛，拜託你別在這時候挑那種沒營養的語病。這可是幽靈喔，幽靈！你不想親眼見識見識嗎？還是你已經看過了？」

沒有，最好永遠都看不到。

春日活像是午覺睡醒三十分鐘後的幼稚園小朋友，興奮地說道：

「可是，幽靈出現在你面前的話，難道你都不會想跟對方聊上兩句？」

抱歉，一句也不想。

我從眸中燃起漁火的春日移開了目光，看著想說什麼卻又閉上嘴、不斷欲言又止的阪中。

為什麼阪中會在學期快結束時帶著幽靈秘聞造訪ＳＯＳ團？她算是繼喜綠學姊之後的第二

號委託人……對喔，自從七月那次，喜綠學姊前來找我們諮詢巨大蟋蟀事件相關的煩惱後，我立刻就將徵求委託人的海報撕下來扔進垃圾筒，大概是奏效了，之後校內就不再有學生把SOS團誤認是萬能便利屋。難道阪中是在那張海報張貼的期間看到，然後一直將內容記在腦中嗎？如果真是這樣，我希望她的腦細胞能用在記憶更有效的資訊上。

孰料阪中聽我那麼一說，搖了搖頭。

「不是。我拿到的不是海報。記得是在路上發放的，我沒丟，一直收在家裡的抽屜裡。後來才想起來……」

阪中從書包中取出一張紙。看到那張泛黃的草稿紙，朝比奈學姊就好像見到天主教念珠的菜鳥吸血鬼一樣退避三舍。（註：天主教的念珠（ROSARIO）通常由6顆較大的珠子，53顆較小的珠子和一個小型十字架串成。）

「那、那是……」

那是朝比奈學姊的精神創傷起源，也是春日輝煌的SOS團行動史第一彈，不過其真正的身分是未曾事先報備就擅自借用學校設備所印製的一張傳單。

SOS團成立暨創團聲明。

上頭應該是這麼寫的：

『我們SOS團正擴大募集這世上所有不可思議的事。歡迎過去曾經歷不可思議事件的人，或是現在正面臨不可思議、謎樣現象的人，以及有預感不久的將來一定會經歷奇幻事件的人踴躍與我們諮詢。我們會盡力替你解決問題……』

那是謎樣的兔女郎兩人組在校門口發放的那張傳單。也是齊聚這世上所有不可思議現象於一身的春日所出品的驚人廣告。

怎會醬子啊？春日播的種子居然真的發芽、飄回這裡來了。

而且還是在這個學年度好不容易快順利結束的時期。這是誰希望的謝幕？我可沒有準備安可喔。現在是回歸原點的場合嗎？

或許是感受到了我與朝比奈學姊的異樣，阪中略顯不安地說：

「這裡……是SOS團吧？你們很出名……涼宮同學你們在做的，應該就是這一類事情吧？怪談什麼的。」

不好意思，阪中。我們就獨缺好兄弟那方面的奇人異士。這裡有愛看書的外星人、喜歡懸疑推理的超能力者、還有滋補養眼的未來人等等，硬要說的話，三人擅長的都是SF。至於我，更不可能棄凡人路線走上恐怖的絕路。

和不由得沉默下來的我恰恰相反，春日挺起身子一臉得意。

「阿虛，看到沒？那東西還是有人在看的。不是一點用都沒有喔？幸好當初有做傳單。」

是這樣嗎？我還以為妳連自己做過這個東西都忘了。

「開心吧，阪中同學。看在同班同學的份上，我特別優待妳，免費幫妳解決。」

我敢保證，無論何時何地何人上門委託，春日都不會跟對方收錢。因為對春日而言，最大的報酬就是不可思議事件的委託本身。委託人一上門，她就打飽嗝了。由去年的巨大蟋蟀事件就足以印證這一點。

「幽靈啊……」

春日邪笑著說道：

「最後可能得採取除靈的手段，在那之前要好好打聽對方的身世遭遇。拍照留念的照相機，和採訪用的攝影機都是必備的。」

無視我以下的團員，春日自顧自地情緒激昂起來。不行。再這樣下去可能真會有幽靈飄啊飄地飄～出來。嗯？阪中是怎麼說的？

是啊，幽靈很可能是人類容易受騙的視覺產生的錯覺，就像柳樹下的枯芒常被錯看成女鬼一樣。要是幽靈真正出現的那一天，也將會是人類長期堆砌而成的偉大科學體系崩壞的序曲。

因此，阪中也說：

「所以我才希望妳等一等呀，又不一定就是幽靈，可能只是搞錯了也說不定。不過我也想不到其他的可能……」

阪中開始說出無力的證言。

「喂，春日。」

我不得不趕緊插嘴。這是因為春日已經開始翻找器材庫。

「妳先冷靜下來，聽聽阪中怎麼說。事情似乎不單純。」

「你又知道了?」

即使嘴裡嘀咕，春日仍是從雜物箱回到了團長席，將雙手叉在胸前。阪中和我都毫不掩飾地鬆了口氣。這時候，我總算有餘裕打量長門和古泉的表情。

或許別看還比較好。

兩人的神色表情都和平常沒兩樣。也就是說，古泉是掛著無意義的明朗微笑，長門也是風平浪靜，和往常的反應一樣。

可是，他們都感興趣地看著阪中。奇妙的是，我居然有種錯覺，彷彿在那兩人臉上看見了共通的文字。

——幽靈?這個人在鬼扯什麼啊。

嗯，總之就是那種感覺。

現在就來談談我個人的看法吧。我並不相信靈魂的存在。電視上常播的靈異體驗紀實，我堅信那都是經過設計的綜藝節目，並不是在報導事實。

雖說這份自信經過這一年下來也逐漸化為沙上的樓閣，畢竟我和外星人、未來人、超能力小子結伴參與些有的沒的也有一段時日，對光怪陸離的超現實現象早已見怪不怪。

這種想法一旦起了頭，內心就開始隱隱約約覺得：鬼魂啦亡靈啦生靈啦搞不好哪天真的會出現。可是，就跟尚未遇到異世界人一樣，我至今也仍未跟幽靈打過招呼，何必從現在就開始擔心連面也沒見過的存在呢？所以我早就以跑百米的速度擺脫了那種煩惱。想來就來吧。不過，我可不會老實地接受這個麻煩。你以為這個世界是你怎麼說我就能怎麼理解的嗎？

總之呢，我也只能抱著超然的態度了。至於其他團員們的看法——

「幽靈嗎？這可真是……」

古泉手指頂著下巴，一副沉思樣。

「啊……那個是，這個……？」

朝比奈學姊以問號滿天飛的眼神，抬頭看著委託人。

長門仍然一如往常：

「…………」

看樣子，我的想法就等於春日除外的團員綜合意見，長門、古泉與朝比奈學姊一聽到「幽靈」，表情並沒有變得很嚴肅。尤其是朝比奈學姊對那個單字或概念好像一時意會不過來似的，整個人呆住了。未來可能沒有宗教或是膜拜祖先的習慣吧。有機會再問問她。不過她大概也不會透露。

平易近人如我，在一年五班教室裡的談話對象當然不只有春日、谷口、國木田，和其他同學平日也會哈拉一兩句，可是對象是女生的話，聊得來的話題也會變少。

即使絞盡腦汁也搾不出和阪中對話過的記憶，不過印象中，她不像是口才很好的那種人。

所以接下來是我再三濃縮所摘錄出的重點。

「妳聽我說嘛，一開始覺得奇怪的，是盧梭。」

阪中對著春日說道。

「盧梭？」

春日皺了一下眉頭。

「嗯。盧梭是我家養的狗狗。」

真是有大師風範的狗名。

「每天清晨和晚間，我都會帶牠去散步，而且每次都走相同的路線。剛飼養時我帶牠走過各式各樣的路線，不過現在每天都固定走同一條。我也很習慣走那條路了。」

那個不重要啦。

「抱歉。可是搞不好很重要喔。」

對誰重要？

「阿虛，你閉嘴啦！」春日說道：「來，繼續。」

「盧梭每次都在同一條路上愉快地走著，但是……」

阪中頓了頓，越說越小聲。她當是在講怪談嗎？

「大約一星期前，盧梭突然不喜歡原先的散步路線了。即使我硬拉著繩圈，像這樣——」

阪中擺出雙手緊緊抓住地面的姿勢。跟不想離開溫暖場所的三味線一個樣。

「就像這樣一動也不動。嗯，中途都還好，一到那裡就變了樣。每次都這樣，真的很怪。逼不得已，我只好更改散步的路線。」

話說至此，阪中端起茶杯喝茶。

原來如此，名字很有哲學家風範的愛犬突然討厭起散步路線啊。那麼，幽靈又是從哪句話裡繃出來的？

我的疑問好像也是春日的疑問。

「幽靈呢？」春日問道。

「所以說——」

阪中放下茶杯說道：

「我不確定那是不是幽靈。只是大家都這麼傳。」

敢問那個傳言的來源是？

「很多。我家附近有很多人養狗，遛狗時遇上常會聊個兩句。盧梭交到狗朋友很開心，我也因此認識了許多人。第一個提起這件傳聞的是養了兩隻喜樂蒂的阿南先生。他說散步到那條路時很奇怪，怎麼樣都不肯走。他說的是狗狗，不是他自己喔。」

人類什麼都感覺不到，還能邁步向前嗎？

「嗯，是啊。我也沒什麼特別怪的感覺。」

又偏離主題了。幽靈那兩個字才是重點吧。

「我正要說啊。」

阪中這時臉色一暗，說：

「從某天起，附近的狗狗們突然都不想靠近某個地方了。現在這成了飼主之間最熱烈討論的話題。原本那一區的野貓也相當多的，現在都不知跑哪去了……」

春日「嗯！嗯！」似乎很認真的在聽。手握自動鉛筆像在記筆記，不過我偷瞄了一下，發現她在畫狗和貓的搞笑式塗鴉。塗鴉歸塗鴉，春日似乎抓到了事情的梗概。

「所以妳在想，會不會因為那附近有幽靈，所以動物不想靠近？而且狗和貓都看得見，人類卻看不見？」

「沒錯！我想的就是那樣。」

阪中一副「妳總算了解了！」的模樣，直點頭道：

「還有另一件讓我很掛心的事情。就是那個，養了很多隻狗的樋口小姐。她和她的狗狗們也都是我的狗友。」

接著她用更加驚恐的語氣說：

「她的一隻狗昨天突然不舒服，今早沒帶牠出來散步。因為只是在路上碰到閒聊個兩句，我也沒詳細追問，只知道那隻狗現在在動物醫院。」

阪中一本正經的眼睛注視著春日。

「這是幽靈造成的沒錯吧？涼宮同學？」

「這個嘛……」

春日下巴頂住糾結的十指，沉思似的瞇細了眼。臉上一副「我也不太清楚，不過是幽靈的話就有趣了」的表情。

「現階段還不能斷言。」

出人意表地，春日很慎重的回覆，只是嘴角有些微的抽動。

「不過，可能性相當大。何況狗和貓又看得到人類看不到的東西。那位什麼小姐的狗，搞不好就是看到幽靈驚嚇過度才會病倒。」

我無法對這樣的意見舉手反駁。這是因為我時常見到三味線目不轉睛盯著什麼都沒有的房間角落。相信養貓人士都會心有戚戚焉。不過貓畢竟和狗不同，就算目擊到幽靈也不會病倒。有養貓的人就會了解。

在我喚起有關我家花貓的記憶時，春日像是踢掉椅子似的站起身。

「大致情形我都了解了。」

我了解的只有某些地方是狗貓拒絕出入的地方而已。

「這樣就夠了。與其待在社團教室進行紙上推理，不如早點趕到現場勘察。那個地方應該有某種東西會讓動物本能感到危機。可能是幽靈、妖魔，或是鬼怪那一類的。」

是那個嗎？更詭異的那個？我彷彿幻視到徘徊在十九世紀中期的歐洲，像共產主義一般無形的妖怪，身體整個冷掉。如果是幽靈，苦口婆心勸說一番或許對方願意成佛；妖魔或鬼怪的話就得找魔鬼剋星或是妖怪信箱了，不過要是被恐怖漫畫中常見的難以名狀的東西附身，那可怎麼辦？（註：妖怪信箱是指日本妖怪大師水木茂的《鬼太郎》中的信箱，鬼太郎一收到求救信就會出任務）

一想到這裡，我的眼睛自然而然轉向長門。

上次的委託人、如今已是學生會書記的喜綠學姊，是長門的關係人。這麼說來，難道這次的阪中也是……

可是，我很快就放棄了這個假設。因為長門相當罕見地從攤開的書本中抬起頭，感興趣地聽著阪中的陳述。那張白皙到幾近慘白的臉上——真的不是我自誇——有著只有我才懂的表情變化。長門浮現出了近乎一微米的沉思表情。這麼看來，阪中這回帶來的奇妙物語，對長門來說是個變數。

我也順便觀察了一下古泉的神情。我們眼神一交會，古泉就微微聳了聳肩，嘴唇刻下微微的苦笑。令人火大的是，我想說什麼，他似乎早就了然於胸。不是我搞的鬼——古泉的態度表明了一切，而我居然也看得懂他的身體語言，我們兩人已熟到這種地步，想想實在很討厭。

至於另一位就更不用說了。一看就知道朝比奈學姊完全沒嫌疑，甚至連她有沒有跟上苦主的談話都有待商榷。不過，就算幽靈風波的原因和時間有關，恐怕這位朝比奈學姊也是愛莫能助。直接跟朝比奈（大）討救兵還比較快。

「那麼，各位！」

春日登高一呼。

「我們現在就出發。需要帶的東西有照相機和……我們沒有幽靈捕獲裝置喔。可以的話，真想帶用西夏文字寫成的符咒過去。」

「必需品是市內地圖吧。」

古泉附和，旋即將微笑之矛轉向阪中。

「我想實地檢測看看。能不能請府上的盧梭君助我們一臂之力？」

這小子似乎也是興致勃勃。在無意義的市內搜奇行動中始終都沒斬獲的不可思議場所，這會自個找上門了，真可說是踏破鐵鞋無覓處，得來全不費工夫。

「好啊。」

阪中對著古泉的俊臉點了點頭。

「剛好順便帶盧梭去散步。」

朝比奈學姊的眼睛眨呀眨地說：

「啊，啊。那麼，我得趕快去換衣服。」

她以手按著女侍服，慌亂了起來。不快點換裝的話就得那副打扮出去見人了，以春日的個性才不會管那麼多，肯定拉了就跑。可是——

「說得也是，實玖瑠，妳是有必要換裝。那身裝扮不適合。」

春日竟然發出了驚人的常識之語。

「是、是啊。」

朝比奈學姊露出安心的表情，手放在頭上的髮箍。

那我和古泉就得出去教室了。我的話是不用說，更不可能提供什麼養眼鏡頭給古泉。

當我轉身準備離開社團教室時，春日道出了更驚人的一句話。

「可是，實玖瑠要換穿的不是制服。」

「咦？」

直接走過發出困惑聲音的朝比奈學姊身旁，春日大刺刺走向吊衣架。滿面春風挑選出來的是——

「這件啦，這件。這件才是最適合收妖伏魔的服裝！」

春日手上拿著的，是長長的白衣搭配紅色褲裙的雙色服裝。洋溢著古代風情的日本民族衣裳之一，也就是……

朝比奈學姊不由得倒退數步。

「那……那件是……」

「巫女服啦、巫女服。」

臉上浮現出想到好點子時特有的笑容，春日將巫女服裝塞給朝比奈學姊。

「驅邪穿這個最好！我沒有準備袈裟，有的話讓實玖瑠剃光頭也不好看。怎麼樣啊？阿虛，我帶來的衣服可不是隨隨便便挑的喔。你看，這不都剛好派上用場了嗎？」

放學時刻穿女侍服或巫女服出去，哪個較不引人注目？呃，現在問題不在這裡吧？我連如此反應的時間都沒有，就和古泉一起被丟到社團教室外的走廊。

室內傳出再熟悉不過、看著朝比奈學姊換裝就開心的春日的聲音，以及朝比奈學姊被剝光時的可愛悲鳴，成了背景音樂流洩出來。

我決定把握這個機會詢問。

「古泉。」

「什麼事？話說在前頭，如果你要問的是跟幽靈有關的線索，恐怕我也無能為力。」

古泉撥了潑瀏海，露出柔和的微笑。

「那，到底是什麼？」

「現階段幾乎沒什麼可說的，都不脫臆測的範圍。」

什麼都好，說說看嘛。

「狗群不約而同對特定的地域忌憚不已——綜合說起來就是這樣。不如我出個謎題考考你吧。動物比人類還優秀、尤其是犬類最見長的特性為何？」

「嗅覺吧。」

「答對了。阪中同學的遛狗路線途中，可能埋了什麼會發出犬類討厭味道的東西吧！」

將散落的髮絲攏到耳後，古泉臉上仍舊掛著一貫的笑容說道：

「我頭一個想到的，就是毒氣彈。像是某處的軍事組織在搬運途中掉落的那種。」

太扯了。要是卡車上載什麼掉什麼，一開始就不該載毒氣彈。

「第二個是放射性物質。但我並不清楚動物對放射能敏感到什麼地步。」

那跟毒氣彈又有什麼差別?假如是未爆彈，我還比較能接受。

「嗯，也是不無可能。真要朝現實層面來講的話，不如說有頭熊下山來到那附近冬眠，狗群們感應到牠就快醒來了……」

不可能。這一帶的山上是有野豬，但沒有熊。

「所以啦，」古泉優雅地雙手抱胸。「從曖昧不清的傳聞妄加推論，就會像這樣，什麼都可能發生。只有湊齊所有的情報、加上理論性的思考力與豐富的想像力、複合些許的直覺，才能得出唯一的真相。其中最重要的，就是確認情報的正確性。光是要看清全部的線索何時已湊齊就相當不容易。」

你想高談闊論懸疑推理的話，拜託到懸疑推理研究會去。又不是所有事情只要動腦筋思考就能解決。這次的事件只要照著春日的想法去做，到現場找到可疑的東西，就能輕易解決了。萬一她小姐又心血來潮將地面東挖一塊西挖一塊，搞不好還真的會挖到中國皇帝授與卑彌呼的金印哩。但我實在不忍想像考古學會的老學究們昏倒的畫面……總之，你想玩推理遊戲的話，等下次合宿時再一次玩個夠。

「純粹性的思考使得真相水落石出的思考實驗，才是懸疑推理的醍醐味。調查一下就明白的事件一點娛樂性也沒有。」

古泉一面發表莫名其妙的言論，一面抬起靠著門板的身體，朝旁邊移動。

才剛移開，大無畏的團長就打開門，牽著朝比奈學姊的手現身。

「準備萬全，這樣就ＯＫ了。實玖瑠的打扮相當有模有樣呢。不管是什麼樣的惡靈，遇到她就會速速升天成佛去。」

「嗚嗚……」

怯懦地出來見人的朝比奈巫女版，難為情的低下了頭，腳步踉蹌跨出教室。自三月三日的撒雛霰活動之後，就沒再見到學姊這副裝扮。

身穿原本是侍奉神明服裝的朝比奈學姊，手上拿了根不知何時做好的、前端附有御幣的棒子。就算不是惡靈，見到學姊拿著這個揮來揮去、唱誦咒文的模樣也會升天吧。真是可愛極了。（註：御幣是祭神用的幣束，白色、金銀、五色紙挾於幣串中）

跟在那兩人身後、在走廊排排站的是一副「嗯——其實也不用做到那樣吧」歪頭納悶模樣的阪中，以及像個不透明的幽靈走出來的長門。如此一來，大夥就準備離開學校了。

希望事情別真的發展到除靈的地步。畢竟被強行賦予降魔要務的那一位是凡人。要是急就章的巫女扮演者揮舞著臨時做好的驅邪棒，惡靈就能退散的話，那就太對不起平安時期藤原政權全盛時代的諸位陰陽師了。

算了，初春嘛。人類到了這個時期不也是這樣？這是連狗貓的情緒也會不甚穩定的季節。

——一般而言，那麼想是合情合理。

可是世事無奈，一旦春日以滿懷期待的表情出動，十之八九又會被捲入稀奇古怪的事件裡。加上近來春日以外的團員，古泉和朝比奈學姊甚至長門都獨力引導出事件來了，簡直就是在變相逼我也去搞一件嘛。

可是，我原本就只認識ＳＯＳ團團員這幾個超脫常理的存在，就算想搞什麼花樣也是心有餘而力不足。

將這一點也考慮在內的話，今天帶來謎樣委託的，是位怎麼看都像是普通人的同班同學暨愛狗人士的女學生。話說這位阪中應該不會特地編一個劇情分歧往幽靈路線的怪誕腳本，真正的幽靈也不會出現才對。特別是經過朝比奈學姊一番勸說就會消失的那種善解人意的幽靈，要是真在市內遛達，應該老早就跑到我們這間社團教室了吧。何況現在也不是幽靈出現的季節。

我想著想著，又呆呆望起巫女裝扮的朝比奈學姊療癒雙眼。

不過，說真的——

後來出現的是比幽靈還更難解釋的形體，那時我壓根沒想到。

阪中家是位於從北高另一邊的山坡下的本地車站搭電車，轉乘本線再坐一站才會到的社區。剛好和我們ＳＯＳ團的御用集合車站反方向，雖然我很少往那個方向去，但是印象中那個地段都是高級住宅區。

儘管我不是住在那附近，也知道那一區的地名是以居住的都是社會名流而聞名的。好奇之下一問才知道，阪中是如假包換的千金大小姐。她的父親是某家建築關係企業的社長，哥哥讀的是知名大學醫學院，我怎麼也想不到自己的同學中會有身家如此好的千金女，還是在學期快結束了才知道。

「沒那麼誇張啦，我家只是小康。」

阪中在電車中謙虛地搖搖手。

「我爸開的是家小公司，我哥讀的也是國立大學。」

可以想見她哥哥一定不是拚死拚活才考上花不了多少錢的國立大學，單純只是頭腦好而已。先別管那個了，阪中都叫她的兄長為哥哥嗎？這個稱謂對現在的我來說真是懷念特別多、好聽到不行。

我腦中浮現自家妹妹諂媚的笑容，環視電車內。

我們要去阪中家，所以都聚在一塊。SOS團的成員加上同班同學一名，這樣的陣仗浩浩蕩蕩一同離校在人數上是稍嫌多了點，但是在民營電車中就沒那麼醒目了。因為在這個時間點，車廂裡滿是放學回家的學生群。尤其是穿光陽園女子學院制服的女學生特多，幾乎全車都包了，像我們這樣零散的北高學生，在散發私立學校芬芳氣息的女高中生推擠下，只得被逼到角落，但是不知為何一直有好奇的視線朝我們這邊看來。

「嗚嗚嗚……」

以泫然欲泣的神情拉著吊環的朝比奈學姊就是原因。

其實也不能怪人家看，穿著巫女服搭乘客滿的電車不想引人注目還真難。試想，若是有正職的巫女穿著白衣紅褲裙搭車上班，不會受到大家的注目禮那才真叫不可思議現象。

原本朝比奈學姊就有過穿著兔女郎裝搭電車，再直接走到商店街去的前科紀錄，也只好安慰學姊這次比上次好多了，起碼沒有那麼暴露。

可是，強迫朝比奈學姊換上巫女裝扮的冷酷元凶——春日，完全不在乎車內乘客觀賞珍奇動物般的目光，說道：

「實玖瑠，妳知道什麼擊退惡靈的咒文、禱詞或是經文嗎？」

「……不、不知道……」

朝比奈學姊始終低著頭、駝著背，整個人縮成一團，小聲回答。

「這樣啊，我想也是。」

相較於羞恥地縮成一團的朝比奈學姊，春日倒是元氣滿滿。

「有希呢？妳看過的書裡有沒有驅魔或是類似《大法師》的那種書？」

「……………」

呆望著窗外飛逝而過的風景的長門，微微歪了一下脖子，然後又回歸原位，前後差不多才花兩秒鐘。

長門的肢體語言我看懂了，春日也好像看懂了——

「哦，是嗎？」

她很乾脆地以諒解的口吻說道：

「就算有，在這一時半刻也背不出來。不過沒關係！我知道一段，待會就讓實玖瑠唸那個就好了！」

妳到底打算讓學姊唸什麼？萬一召喚來什麼怪東西，責任可不在朝比奈學姊身上，而是在妳身上。而且到時候我一定拔腿狂奔先逃命再說。

「笨蛋！」

春日的心情相當好。

「我要是知道那麼厲害的咒文，老早就試了。其實，我國中時曾經試過。我買了魔術書，照著上面的指示依樣畫葫蘆，可是什麼都沒有出現。根據我的經驗，一般在市面上流通的書籍上面寫的根本派不上用場。啊，我有個好主意！」

我好像看見了春日額頭上方十公分左右的上空有盞燈泡突然一亮。她似乎又想到了要不得的鬼點子。

「下次市內蒐奇去舊書攤或是舊道具店找找。找那種有怪怪的店主在看店、店面又舊舊的那種，看看有沒有真正的魔術書或是儀式用得上的道具。說不定真能找到擦一擦就會有魔神冒出來的那種喔。」

假如那個魔神實現三個願望後就肯乖乖回壺裡去的話是無所謂，問題是春日。春日很可能會將封印多年的恐怖黑暗大魔王解放出來，引起世界恐慌，造成世人不安。不知不覺間做出的事情完全跟惡靈退散背道而馳。我只得暗暗希望，市內的舊書攤和古董店在春日注意到前統統關門大吉。

似乎是看穿了我的想法，站我隔壁搖來晃去的古泉笑了一下。他沒有拉著吊環，是因為兩手都拿了東西。古泉一隻手拿著自己的書包，另一隻手提著朝比奈學姊的書包。順便一提，我除了自己的東西外，肩上還掛了袋子，裡面裝的是朝比奈學姊馨香怡人的制服，這麼一來最起碼學姊回程可以換上正常的制服。要是將制服忘在社團教室裡，明天一早又得穿巫女服來上學，朝比奈學姊說不定就乾脆請假不來了。那我放學後要喝什麼來潤喉？

「這點你不用擔心。」

爽快請命的是古泉。

「雖然泡茶方面小弟自認是游刃有餘，不過朝比奈學姊的上下學問題更是好解決。我來安排租車接送學姊上下學。」

他都那麼說了，我只好閉嘴。反正那輛租來的座車，司機也會是「機關」的成員吧。新川先生我是覺得倒還好，那位年齡不詳的森小姐就詭異了。總之就是詭異到讓我懷疑她該不會是古泉的上司吧？假如是這兩人以外的某人來接送學姊，那又更可疑。雖說古泉的組織在朝比奈學姊綁架風波中幫了大忙，但是忙幫一次就夠了吧。

古泉又「呵呵」微微一笑——

「我會照實跟森小姐轉達的，她聽到大概會苦笑吧。」

電車「喀蹬」搖晃了一下，開始減速。我們要下車的那一站就快到了。

現在最該思索的既不是「機關」內部的組織圖，也不是下一次市內探索紀行。而是阪中愛犬的散步路線上，到底有什麼怪東西。

出了車站後，我們在阪中的帶領下，朝山上走去。不同於通往北高的山路，那是坡度較為平緩的住宅區。可能是我的心理作用吧，總覺得路上的行人個個都很時髦。所幸混有巫女的我們這一行人，沒有被維護當地治安與和平的執勤中員警攔下來盤問，約莫走了十五分鐘左右，就到了阪中家。

「就是這裡。」

看到阪中隨意一指的建築物，我馬上就能編出五句話來悲嘆我的不幸出身——就是豪奢到那種地步的洋房。那棟三層樓獨棟洋房，一看就知道是有錢人的住家，從外牆到玄關都氣派無比，開放式庭院中還附設大草坪。

雖然和鶴屋學姊家的純日本風大宅院那樣的超大地坪無法相提並論，但是像我這樣的門外漢高中生也知道那些現代的建材價格不斐。門牌旁邊理所當然貼有保全公司的標幟，附有屋頂的車庫停了進口車和高級國產車兩台車，剩下的空間還可以再停一台。到底要積多少功德才能生在這樣的好人家享受榮華富貴？

在我莫名感到悵然時，阪中已打開兩扇式鐵門，朝春日招手。春日就是春日，氣定神閒的進去，接著是長門、古泉、朝比奈學姊。最後吊車尾進去的人是我。

「等我一下喔。」

阪中從書包中取出鑰匙，插入玄關門的鎖孔。鑰匙竟然多達三種——

「真是有夠麻煩。」

阪中一面說一面熟練地開鎖。問她家裡是不是沒人在，並不是，她母親在家。只是上鎖是她們家的習慣。

春日朝庭院的草坪看去——

「狗狗在哪裡？」

「嗯，馬上就會看到了。」

阪中一打開門——

「汪汪！」

叫聲響起的同時，一團白色毛茸茸的物體衝了出來。看到搖著短短的尾巴，追著阪中的學生裙玩鬧的小型犬——

「哇……好可愛……！」

朝比奈學姊眼睛發亮，蹲了下來。對於學姊伸出來的手很快將前掌搭上去，繞著巫女裝跑來跑去的，是隻有雙圓不溜丟眼睛的小白狗，一看就像是附有血統證明的名犬。

「盧梭，坐下。」

一聽到飼主的命令就立刻執行也是有教養的證明。朝比奈學姊溫柔撫摸盧梭的頭部——

「請問，我可以抱抱牠嗎……？」

「嗯，可以呀。」

朝比奈學姊笨拙的抱起那隻小型犬，盧梭撒嬌地低吟，舔著嬌客的粉頰。當狗若是有這種福利，下輩子投胎當狗也不錯。

「牠就是盧梭？好像裝電池就會動的玩具犬喔。是什麼犬？」

春日戳了戳那隻被朝比奈學姊抱在懷裡也相當溫馴、血統似乎相當優良的小狗狗頭部，如此問道。

「是西高地白㹴吧。」

古泉搶在阪中之前，流暢地說出差點會咬到舌頭的狗種名，展現他博學多聞的一面，但在我看來只是多此一舉。阪中說：「你真是博學耶。」並以慈愛的目光看著朝比奈學姊抱在懷裡的愛犬。

「牠很可愛對不對？」

的確。密密麻麻的白毛，搭上深邃得埋在毛裡的黑色眼珠，簡直就與狗布偶無異。和我家那隻到處滾來滾去的前流浪雜種花貓相比，兩者的先天和後天環境就有如種姓制度的最上層和最下層，大君（maharaja）和大雜燴（jambalaya）那樣的天差地遠。雖說三味線就某方面而言也算是物以稀為貴的物種。

長門活像三味線，眼皮眨也不眨地直盯著這隻名為盧梭的西高地白㹴，足足觀察了十秒，最後像是失去了興趣，再度將視線拋入茫然的汪洋。嗯，看樣子這傢伙喜歡的不會是這種狗。

「喂，實玖瑠，妳要抱到什麼時候啊。我也想跟那隻小狗玩。」

春日都這麼說了，朝比奈學姊只好依依不捨地放開盧梭。或許是看到太多陌生人ＨＩＧＨ過頭，盧梭蹦蹦跳跳地跳到春日手邊。春日粗魯地將牠一把抱起，但是盧梭並無不滿，繼續搖著尾巴。

「這隻尚・賈克軟蓬蓬的。」（註：尚・賈克・盧梭（Jean-Jacques Rousseau，1712-1778），法國教育學家、思想家以及文學家）

喂，春日，不要隨便幫人家的愛犬改名字！可是搶在我如此吐嘈前——

「哈哈哈！涼宮同學，我爸爸也是這麼叫牠。」

阪中道出了她的父親也和春日有相同的奇特品味。春日倒是不以為意，將本名跟法國哲學家同名的名犬高高舉起——

「尚・賈克，你在散步路線上嗅出了不可思議的存在，是這樣沒錯吧？」

對著狗說話。當然盧梭只會搖尾巴不會回答，飼主代為點了點頭。

「嗯。是啊。不過尚無法確定那是不是不可思議的存在。不光是盧梭，其他的狗狗也是一樣，想來就有點毛骨悚然，所以大家才謠傳會不會是幽靈。」

我想阪中和她的狗友們都太過武斷了，換作像我這樣已得知未來人、外星人和超能力者都是真實存在的人，才有資格說那可能是類似幽靈的不可思議存在吧。可是朝比奈學姊、長門和古泉都具有實體，肉眼也都看得見。肉眼看不見，狗狗們卻很害怕的不可視存在會是什麼？難道真的是地縛靈？不會吧。

之後，阪中一直要我們在她家坐坐、喝杯茶再走，可是只想早點趕去不可思議景點的春日堅持不肯，阪中只好回房去換衣服。此時她的母親來到了玄關。不管再怎麼端詳，阪中的母親都像是比阪中大上多歲的姊姊，而且舉凡言行舉止、語調、服裝都是予人好印象的大美人，令人驚豔。

阪中的美麗母親看到朝比奈學姊的巫女裝瞇細了眼，問明我們來訪的理由之後就咯咯發笑，並優雅地抱怨自己的女兒太過溺愛盧梭，在那樣的貴婦人面前也能侃侃而談的春日，表現真是可圈可點。哪像我，早就拘束得縮成一團，連穿著髒兮兮的鞋子站在玄關口都覺得很不好意思。

阪中的母親力勸我們在回去前一定要去女兒的房間坐坐，在一陣和樂融融的洽談之後，換好便服的阪中下來了。

「久等了！」

呼，就當是去初春時節的高級地段散步兼玩耍吧。

我們將東西寄放在阪中邸，六人一犬就出了玄關。感到鬆一口氣的人只有我一人嗎？搞不好喔。

不知道什麼緣故，牽著繫上盧梭項圈的狗繩的人竟然是春日，而且還一馬當先衝到路上：

「走了！J・J！」

她口中亂叫著自己取的暱稱，小跑步跑了出去。J・J・盧梭也似乎不在意握著狗繩的是才剛見面的陌生人，開心地跟了上去，是源自於自古以來就甘之如飴跟著人類守護家園的歷史習性嗎？

「啊，涼宮同學！不是那邊！是這邊，這邊才是散步路線！」

我望著手拿小鏟子和犬用便便清理袋追上去的阪中，和停下腳步笑容滿面跑回來的春日，突發奇想：搞不好這兩人會成為不錯的搭檔喔。

狗這種動物，只要不是心理生了病或是生理有毛病，都很愛散步，盧梭也承繼了狗族血脈相傳的趣向。跟在小步小步走的白色小型犬後面，也是小步小步走的朝比奈學姊巧笑倩兮亦步亦趨的那一幕，光是外貌裝扮就有如某個幻想世界的實景一樣。

附帶一提，讓春日牽狗繩的話，會搞不清楚到底誰才是散步的對象，中途換成飼主阪中主導，主從才合為而一順利行進，而其他的ＳＯＳ團團員則漫步跟在後面。

「往哪邊？J・J，你不能再跑快一點嗎？快快快。」

春日在盧梭身旁拚命激勵。

「那樣太快了，涼宮同學。我們不是在跑步，而是在散步呢。」

被盧梭拉著跑的阪中柔和應答。

不管她的話，春日恐怕會跑得比狗更前面；朝比奈學姊一心只追著狗狗跑，長門默默行走，古泉則是攤開比例為萬分之一的市內地圖。

我看著古泉的手邊——

「你看那種東西幹嘛？這附近有什麼觀光勝地嗎？」

才剛問完，古泉從口袋中取出筆，說道：

「我想調查一下狗不願靠近的地點。不用每個地方都實地走訪，在地圖中標出大概的位置畫個圖形就明白了。」

是嗎，那種事就交給你了，戀圖癖。不管狗狗們經過之處有沒有想迴避的地方，光是看著阪中家愛犬的活潑模樣，我就已經當自己是出來純散步，甚至想養狗了。血統不用太高貴，雜種犬就夠了。看樣子，春日也將幽靈一事忘得一乾二淨了，這會正和盧梭玩得不亦樂乎，蹦蹦跳跳得像隻兔子。

身穿便服的只有阪中，後面跟著的全是穿制服的，加上巫女一名，還帶著一隻狗，我們這組合匪夷所思的一團人，正忠實地再現阪中和盧梭平日的散步路線。不知是平常就這樣，還是本性如此，阪中以相當沉穩的步調在前進。方向是朝東進行，再走過去就會看到那條河了，也就是我接受朝比奈學姊的未來告白，將烏龜丟入河裡又撿起來送給眼鏡弟弟的那條兩旁種有櫻花行道樹的河川。那裡也有適合遛狗的散步步道……

才這麼一想，阪中的腳步突然停了下來。

「啊！果然到這裡又停下來了。」

盧梭四肢蹲低，牢牢趴在柏油路面上。不管阪中怎麼拉狗繩，牠的脖子都用力向後退。

「嗚～～」牠一味發出哀鳴，感覺像是向飼主訴說不想再前進了。

「咦？」

終於，春日想起了目的，驚訝得瞪大了眼睛，接著四周張望。

「沒看到什麼可疑之處啊。」

雖然是在住宅區內，可是離河川很近，那片綠蔭很醒目。抬頭往北方一望，就看得到和北高的標高差不多的山脈稜線。這一帶沒有熊，野豬的話倒是偶爾聽說會下山來。儘管如此，野豬會來到離車站這麼近的住宅區也相當罕見，我從未見過那樣的新聞。

阪中將不聽話的盧梭的狗繩握在手中，說道：

「直到上星期，我們的散步路線都還是直直向前爬上河堤的階梯，沿著河岸的步道上散步一陣子後，再下來回家去。可是從一週前起，盧梭突然就不肯靠近河川了。」

朝比奈學姊正搔著曲膝不動的盧梭的耳朵。看著那只抽動不已的白色耳朵，春日也捏了捏自己的耳垂。

「會不會是那條河出問題？搞不好是被有毒物質污染了。上流是不是有化學工廠之類的？」

沒有那種東西，我們北高生最清楚了。沿著這條河上去，就直接通往我們的上學路段。除了山還是山，妳不也每天看得很煩嗎？這種想吃點好料的都得跑到山下去採買的鄉下地方，哪來什麼工廠。

「這個嘛——」阪中繼續說明。「我聽樋口小姐和阿南先生說過，河流的上方，以及下流處帶狗狗們散步都沒有問題。」

「是嗎？」

春日目不轉睛地看著猛舔朝比奈學姊手背的盧梭，突然間抱起了擁有一身高貴白毛的玩賞動物說道：

「那麼，J・J，既然都來了，還是要請你帶路指出正確地點。到了那個地點，你只要汪兩聲就可以了，來，我們走吧。」

春日強行走了出去，但她也只能走到阪中握著的狗繩長度的距離就無法再前進，因為盧梭又開始發出嗚嗚嗚的悲鳴，飼主也是一步都沒有動。

臉上表情和盧梭差不多痛苦的阪中的解釋是，不管發生什麼事，她都不忍心看到愛犬垂頭喪氣的模樣。

「我從來沒有罵過盧梭。」

從春日手中抱回盧梭，阪中摸了摸牠的頭——

「你們知道嗎？聽說有狗狗被飼主罵，驚嚇過度而死掉了。要真的變成那樣，我也不想活了。所以……別再逼牠了。」

真是個令人瞠目結舌的狗癡。就算是銜金湯匙出生的千金小姐，這樣寵狗也實在寵得太過分了。真想將我家的三味線抱去阪中家寄宿一陣子，我想她家肯定是會讓三味線樂不思蜀的貓樂園。

自我中心如春日，也只能嘴巴半張、盯著抱著盧梭的阪中瞧，朝比奈學姊則是「嗯嗯」感同身受似的猛點頭。對於那隻狗奴才短期間就奪走了朝比奈學姊芳心，我不禁有點吃醋——

「我們不會強迫盧梭到那種地步的。」

古泉柔和地打圓場。只見他攤開地圖——

「我們現在的所在位置……」

以紅筆在上面做了記號。

「就是這裡。讓狗群感受到危機意識的地點，應該就位於從這裡延伸出去的延長線上。也很可能不是一個點，而是一個地域範圍。總之，再繼續前進反而更難鎖定位置。」

什麼意思？在我反問前，古泉丟給阪中一個街頭推銷員式的笑容。

「我們先折返吧。繼續牽著盧梭君，另行享受散步樂。」

我們照著古泉說的，循著來時路回去，走了五分鐘左右，遇到一個十字路口向左轉，朝南方而行。離車站越來越近，人潮也變多了。可是朝比奈學姊似乎遠比自己的衣著更加關心盧梭，完全不在意他人好奇的目光。也有可能是她已經漸漸習慣穿著角色扮演服出門在外了吧。

走在前頭的是隻手拿著地圖的古泉，這也是相當罕見的光景。圓滑的俊臉露出受人喜愛的微笑，一肩挑起嚮導的任務。

「接下來往這邊走。」

一度南下的古泉，又再度往東行。我們也一個挨一個跟著後面走。

然後，又走了五分鐘左右——

「嗚～」

盧梭又開始有拒絕前進的反應。

「果然是河川？」

春日指著的方向正是我們前往的方位，已經看得到河川側邊的河堤斜坡和櫻花樹了。

古泉確認過附近的街道巷弄門牌後，謹慎的在地圖上的所在位置標下新記號。

「這樣就大致明白了。再去一個地方好嗎？」

古泉究竟明白了什麼，我是一點也不明白。但我們又開始南下。這次並沒有循著來時路，而是直接走小路往海邊移動。說是這樣說啦，可是海邊很遠，古泉應該也沒有打算走到那麼遠，頂多走了五分鐘就又停下來。剛好是走了盧梭第一次停下來的地方到第二個地方的距離，然後又往東走。

這一次，花不到三分鐘。

「嗚～～」

盧梭第三次採取拒絕前進的行動。原本就可愛得像狗布偶的小狗發出哀傷的悲鳴，聽了就覺得可憐。我可以體會阪中二話不說將牠抱起來的心情，我的心也有點動搖了。

朝比奈學姊也相當擔心的樣子，長門仍然一如往常無表情，古泉則露出通盤了解的愉快笑容，說道：

「原來如此。」

他在地圖上做好記號後，就轉頭面向我們，好像在說：好戲要上場了。我感覺得到他又要丟一大堆莫名其妙的理論出來了，卻不能跟以前一樣不理他。

「怎麼一回事？」

他一副想要人家問的樣子，我就問了。你最好感激我對你如此體貼。

「首先，請大家看看這張地圖。」

我們大家的視線都集中在古泉攤開的地圖上。

「紅色記號處是盧梭君拒絕進入的地點，包括我們現在站著的這一處共有三個。從最初那一處開始，分別稱為地點A、B、C，看到這三個記號，有沒有發現到什麼事？」

你現在是打算上什麼野外教學嗎？

課堂外的學業還沒上就打算放棄的我一拒絕回答，春日沒舉手就發言了。

「A到B，B到C的直線距離幾乎一樣。」

「好眼力。我正是朝那個方向下去選擇散步路線的。」

古泉滿足得像是教到了得意門生──

「重點在於各個地點本身沒什麼意義。尤其是地點B不過是個通過點。事實勝於雄辯。用畫的比較容易理解。」

做作地重新握住紅筆的古泉，在地圖上畫了一條線。從地點A經過B到達C的一條曲線。

在比例尺一萬分之一的地圖中，一道小小的弧浮現出來。

「啊，原來是這樣。」

春日比任何人都早抵達解答線。我還是不懂。

「阿虛，這個一看就知道了！這個曲線看起來像什麼？」

就是曲線啊，還會是什麼。

「難怪你的數學救不起來！看這種東西要憑直覺。古泉，筆借一下。」

春日跟古泉借了筆，在地圖上添上新線。

「我將曲線延長出去。弧的角度儘量保留，像這樣繞一圈回來……就形成一個圓啦。」

正是。雖然是用手畫，但相當接近正圓的圓形用紅筆畫了出來。乍看就像是在市內地圖上記載了藏寶處的小圓形。

總算懂了，原來是那樣啊。

「你是想說，這個圓形區域是狗狗的禁入區域吧？」

「是的，不過基本上那只是我的假設。」

古泉補充道：

「我假設那個區域是呈圓形擴散出去，結果就是像這樣。雖然目前尚無法判斷到底是幽靈一類的超自然現象或是類似有害物質的人為因素在作祟，至少這麼一來比較容易理解了吧。」

他指著和春日共同作出的圓形——

「假設真有什麼東西，距離曲線上所有地點同一距離、也就是圓的中心點最可疑。只有三個地點做參考數值，誤差在所難免，但應該也不會錯到哪裡去。然後，位於中心點的是——」

在古泉指出那一點前，春日早就將筆尖放在那裡了。

「果然還是河川沿岸。」

就算春日沒有說明，我也看出來了。地圖已告訴了我圓心的位置。那裡植有我再熟悉不過的櫻花行道樹，只不過是位於印象深刻的朝比奈學姊長椅的對岸。

「好厲害！」

阪中發出真誠的感嘆聲：

「古泉同學，你竟然想得到這種東西！哇，好感動！」

「妳過獎了。」

阪中以真誠的目光直視著微笑的古泉。喂喂，妳最好別太相信那小子，他肚裡懷什麼鬼胎沒人曉得，還是個會變身成紅色小光球的變態喔。

雖然我很想給阪中忠告，最後還是閉上嘴巴繼續觀察地圖。

好像每次有什麼奇奇怪怪的事件發生，最後都會回到我熟知的場所。簡直就像是冥冥中有人在安排。這次應該不用再去拯救差點被車子撞死的少年、遇見新角色聽他講一大堆挖苦人的話了吧。那時候只有我和朝比奈學姊在，現在則是大家都在。就算天塌下來，也輪不到我這個凡人出手去頂吧！何況還有團長閣下在此坐鎮。

「我們走吧。」

春日開心地發號施令。

「去找那個可疑的地點。阪中同學、J・J，妳們接下來就當是搭上豪華客船跟我們一起出遊吧。等我們跟幽靈或什麼鬼的拍照留念之後，就會好好進行除靈。」

「除……除靈？」

朝比奈學姊像是終於記起了自己的這身裝扮，抱住了雙肩。春日拉下她的手，說：

「現在，全員以超特急速度起步跑！」

然後就真的跑了出去。

從那裡到目的地本來就很近，加上拜春日的跑步行軍指令之賜，一下子就抵達了。從古泉手上的地圖推斷出來的超自然景點，無疑就是立於河川兩旁、蓄積開花能量的櫻花樹林夾道之步道。

春日瞪著地圖努力找尋最接近圓心的地方，但是古泉的推算法只是推個大概，精準度也不能太苛求。

「是在這一帶嗎？」

「那一帶也算是吧?」

相較於熱心比對地圖和地面的春日，古泉的回答就顯得有點隨意了。他已有定見了嗎?

來到這裡的只有SOS團五名正規軍。阪中和盧梭在自家待命……毋寧說是阪中堅持「我無法強迫不想去的盧梭同行」，拒絕與我們同行。其實那一人一狗除了當見證人之外恐怕也幫不上忙，所以春日和我並不介意。當然，說到幫忙，我這個比見證人更像跑龍套的角色此時更加幫不上忙。

在現場的角色定位最明確的是——

「實玖瑠，讓妳久等了。終於輪到妳上場了。」

「啊，是、好的。」

在春日眼中就屬朝比奈學姊了。她就是為此才讓學姊扮成巫女。要是什麼都沒做就打道回府，就太浪費這身裝扮了。

「可、可是，我、我要做什麼呢……」

「包在我身上!我可是有備而來的。實玖瑠妳站在那裡。喏，拿著這根棒子。」

春日將附有御幣的棒子交給朝比奈學姊，再命學姊在河岸附近的草叢就定位，接著從學生裙的口袋中取出捲好的一疊影印紙。

「那麼現在——」

春日抱住朝比奈學姊微微顫抖的香肩，抬頭仰看我們——

「雖然乍看是沒看到半個幽靈，還是快點進行驅邪儀式吧！」

「觀……觀、自在菩、薩行？……行深……般若波羅……蜜多……時～照、照見五蘊皆～空——」

還以為學姊是唸哪個天外星球的咒文，仔細一聽，其實就是地球上的般若波羅蜜多心經。身穿巫女服、唱誦經文，活像是在接受某種懲罰，轉念一想，或許春日的想法在於若能結合神道與佛教的雙重效果，靈驗度也會倍增吧。

我懇切希望，寺社佛閣諸多關係人士能看在拚命唱誦春日帶來的小抄的朝比奈學姊的真摯份上網開一面，寬恕學姊。

春日不斷遞上小抄，繼續扮演著協助朝比奈學姊唱誦般若波羅蜜多心經現代日文附注音版經文的助手。

「度、度、度一切苦厄舍利子，色不異——空——空——不異——色……？」

就在朝比奈學姊這位冒牌巫女努力擺出一副虔敬的架式詠唱著經文的同時，我在個人因素驅使下端詳著某張我一直放在心上的臉。至於是誰我想不在話下。

「…………」

長門那雙宛如隨晚風搖曳的玻璃風鈴般的雙眼，直盯著朝比奈學姊背影瞧。那毫無異樣地不動如山的姿態，正是長門正常模式的最佳寫照。心無旁鶩地動也不動的她，和在社團室啃書時如出一轍。

這下總算能鬆口氣了吧。

我真的不覺得在朝比奈學姊充當臨時僧侶的這附近，正是「有東西」的中心點。就算是有所偏誤，只要這一帶有什麼超自然或科技現象，必定逃不過長門的眼睛，而我也看不出長門有任何感應。換句話說，長門的表情總是會透露些什麼，就跟抓巨大蟋蟀那時候一樣。

不知道是不是發現我正注視著她的側臉，長門先是滑動雙眼，接著轉過頭來對著我，簡直看透了我的心思一般細細說道：

「什麼都沒有。」

炸彈啦冬眠中的熊啦放射性同位素還是卑彌呼的金印之類的——

「都沒有。」

連一點痕跡都沒有？

「在我的感知能力所及範圍之內——」

長門的口氣就像在背誦九九乘法表第一段似地。

「無法測得任何特殊殘留物質。」
那盧梭跟其他狗狗為什麼不敢接近這裡呢？真的什麼都沒有的話不就連個理由都不剩了。
「…………」
如同微風中的風鈴一般，長門輕描淡寫地搖了搖頭，將視線往我的斜前方投射過去。
我也像被那視線鉤住似的別過了頭。
「咦？」
有位身穿運動服的男子從下游方向跑了過來。雖然只不過是個隨處可見的慢跑人，但真正令我視線緊緊盯住的原因卻是他單手抓住的狗繩，以及跑在他前頭的狗。雖然那隻茶色柴犬一點也不稀奇，就只是隻沒有特殊外型極為普通的柴犬罷了。
為什麼會有狗來這裡？這一帶最近不是成了狗狗禁地嗎？
「奇怪？」
春日也注意到了。就連朝比奈學姊也因為大字報的中斷而抬起臉來，誦經聲隨著解讀了我們的視線而抑止。
「無智亦無……得……咦？」
「沒想到啊。」
雙手抱胸的古泉也瞇著眼望著和男子並行的柴犬。

從牠身上完全看不出像之前阪中家的西高地白㹴那樣怪異的舉動。只見那柴犬口中規律地哈哈喘氣，四隻腳丫從未間斷地扒著土，樂不可支地和主人一起奔跑。

正當那大學生模樣的男子瞥了這群比他自己還可疑的隊伍——也就是我們一眼，準備與其愛犬從後繞過的那一刻——

「你等一下！」

從旁殺出的春日攔下了他的去路。

「我有點事想問你。」

春日帶有壓迫感的強烈視線有如雷射一般掃向柴犬。

「稍微耽誤你一點時間，請問這隻狗為什麼能若無其事地通過這裡呢？哎呀，這個嘛，其實說來話長。」

話剛出口，她就揪住我的制服領帶一把拉近身邊，背著一臉狐疑站在一旁的男子跟不可思議地吐著舌頭的狗狗，在我的耳邊輕聲說道：

「阿虛，去跟他說明一下。」

又是我啊？

本想趁隙交棒給古泉，卻被春日硬推到柴犬與飼主面前，事到如今想躲也躲不掉了。不好意思打擾您散步的時間，以此為開場白的我，開始說明事情的原委。大概是一個禮拜之前，這附近的狗似乎漸漸不敢接近這一帶。我們從友人那得知此事，覺得有好好調查的價值。而先前我們也目睹了那位友人的狗不想接近這一帶的模樣，想說這裡肯定有什麼古怪而繼續調查的時候，就看到您與您的愛犬跑了過來。相比之下這伶俐的柴犬卻一臉若無其事的樣子，這其中是不是有什麼緣故呢？

「啊啊，原來是指這件事啊。」

這位二十歲出頭的男子很快地進入狀況，他不時看著高舉著御幣棒的朝比奈學姊說道：

「的確是從上個禮拜之前開始，牠啊——」他指著柴犬說：「開始迴避起往常的散步路線。想把牠拉上堤防卻死命地蹲在原地動都不動，那時我也覺得很奇怪。」

這名運動員似的男子牽著狗，兩眼慢慢地游移在朝比奈學姊與春日之間。

「不過，由於這段路最適合慢跑，所以我還是試著把牠強拉了上來。之後呢，大概是前天還是大前天吧，雖然剛開始牠一點也不配合，不過現在就像你們看到的一樣，又乖乖地在原來的散步路徑上跑了。大概已經無所謂了吧。」

儘管我的動物醫學知識還沒好到能分辨狗的臉色，不過還是能輕易看出端正地坐在主人身邊的柴犬身心健康十分安好，兩隻黑眼珠無憂無慮的樣子。

「我想只要把你們朋友的狗也這樣硬拖上來，到時候也會回復原來的樣子吧。本想說是不是出了什麼問題，大概是有熊來過這一帶，味道還留在這裡所造成的吧。」

下了有如古泉風格的結論，看似大學運動員的男子問：

「還有事嗎？」

「非常感謝你，非常有參考價值呢！」

春日以相當正式的口吻答謝，青年則盯著朝比奈學姊的裝扮，一瞬間露出欲言又止的表情，我想他應該是那種少說少錯的性格吧，幸好遇到個好人。最後男子留下了個「掰！」就逕自牽著狗往上游繼續慢跑去了。

留在原地的只有我、拿著般若波羅蜜多心經大字報的春日、一身裝扮像是迷路找不到神社的朝比奈學姊、目光灑落在河面上的長門，以及一手拖腮若有所思的古泉等阿呆五人組。

「現在是怎樣？」

就跟你所見所聞的一樣啊。

「幽靈咧？虧我還那麼期待的說。」

可以說那種東西根本不存在吧。

「那到底是什麼？」

不知道。

「……你在高興什麼啊你，真令人生氣。」

冤枉啊！我可是隨時保持一臉認真的表情呢。像是幽靈並未隨著春日的期待出現，或是因為幽靈從開始就不存在而一直很安心之類的，我可是連想都沒想過。

「大騙子。」

春日忽地轉身向前，大步快速前行。

一行人甩開岸邊的行道樹朝阪中家邁進。我們的行李都還堆在那裡，也得趕回去向委託人報告才是。

「可是啊——」

在我斜後方閃避著路人目光的朝比奈學姊怯懦地發問：

「那盧梭牠今天還是不敢來這裡散步又是為什麼呢？」

這時古泉挺身而出說：

「他剛才是說三天前沒錯吧。在那之前狗群的確仍保有戒心，不過現在似乎已經不是那麼一回事。照盧梭君的表現和阪中同學的話來看，其他的狗兒們仍故意迴避這一帶，應該是過去的記憶所造成的。要不是那隻柴犬的主人硬把牠拖上來，我看牠也不會想接近這一帶。」

狗也有分兩種不是嗎？將變異長記於心的跟不會這麼做的。也就是說盧梭的記憶力較佳，而剛才那隻柴犬神經比較大條囉。

「……………」

長門的無言真讓人放心，只要她說沒事就絕對是真的沒事。現在就算要我投冬眠中的熊三天前歸山的說法一票也沒問題啦。

這個時期日薄西山時還稍稍帶點寒意，我們配合著春日快速的步伐趕往阪中家。難得一樁委託，結局卻這樣不明不白，這樣的結果報告是不是會傷到團長的自尊啊？不過儘管春日現在臭著一張臉，就她的性格來看不出幾天一定全都拋諸腦後。與其在一件事上鑽牛角尖，倒不如識時務者為俊傑，趕快進行下一個目標才是春日的一貫作風。

果不其然，當晚春日再訪阪中豪宅，這次總算以客人身分現身於客廳，將阪中的母親親手做的泡芙一口吞下後又立刻活力四射。

「讚！美味！超好吃！這個已經可以開店賣錢了。」

客廳所使用的全套生活用品適度地展現出高級品味，我正坐著的這張沙發也舒適到三味線能一連睡上十二個小時都沒問題。再加上美女媽媽以及高級愛犬，果然有錢人無論是外觀還是氣氛都與眾不同。要是春日在這種環境裡長大，大概也會跟阪中的性格相去無幾。

就在我們被絕品泡芙與伯爵紅茶圍繞的這段時光，古泉已向阪中說明調查經過的始末。雖然阪中一邊撫摸著懷中盧梭的頭，一邊隨著句子的段落頷首，然而自始至終臉上不可思議的表情從未消逝過。

「那現在大概沒事了，妳應該了解了吧。」

阪中看著盧梭顫動的耳朵說：

「不過，盧梭牠今天一樣不敢靠近，我還是打算等到這孩子或其他的狗都能稀鬆平常地走過去，再讓牠到那邊散步好了，否則牠好可憐喔。」

這決定就留給主人去下吧，盧梭真是三生有幸遇上個好主人呢，只不過好像有點寵過頭就是了。

被春日以及長門的吃相弄得心花怒放的阪中母親，送來一盤盤剛出爐的泡芙，這期間我們談笑的話題都圍在阪中的狗狗經上打轉。盧梭趴在阪中身旁側著耳朵，也漸露疲態瞇起黑眼睛打起盹來。愛憐地望著盧梭的朝比奈學姊，也忍不住羨慕地嘆了口氣微笑說：

「好好喔，狗狗好幸福喔！」

不曉得未來世界是否禁止飼養寵物，不過與其養狗，我由衷希望能把朝比奈學姊配置在自家裡。每天都有她身著女侍服早晚送迎，我想這才是身為女侍真正該做的工作吧，至少比待在布滿灰塵的社團室泡茶哈腰來的適合多了。

不過白日夢也只是白日夢而已。

結果這天下來，要說說我們究竟做了些什麼，也只不過是一行人來到阪中家，和狗玩耍後帶牠去散步，讓巫女裝的朝比奈學姊詠誦般若波羅蜜多心經，被美味的泡芙以及紅茶餵得飽飽的之後各自回家——一如稀鬆平常的到同學家玩的樣子結束了一天的行程罷了。

原以為這件事會就此陷入五里霧中，最後被我和春日忘得一乾二淨……

幾天後，竟發生了無可預期的事。

禮拜五。期末考與球技大賽告一段落，說來高一還剩下的事，就只有對明年的分班耿耿於懷地苦等春假的到來吧。畢業典禮也在二月底就宣告結束，縱使北高人數驟然少了三分之一，校舍間盪漾著一股說不出來的閒靜，但下個月又會有一大票怯生生的新生排山倒海而來。而那也是我們曾經有過的樣子。

我也總算要被人學長學長的叫了。雖然我相信不會有新生想要加入ＳＯＳ團，不過春日又會有什麼驚人之舉呢？

第二節下課後，在靠窗倒數第二個位子上，我沐浴在充滿春天氣息的陽光下，大大地伸了個懶腰。

「阿虛。」

坐在最後面那女人拿自動筆的筆尖戳了戳我的背。

「幹嘛啦？」

我可沒打算幫妳想招募新生的口號喔。

「才不是咧，那種事我自己會想啦。我跟你說喔……」

春日將筆尖移往教室前方。

「你有注意到今天阪中請假嗎？」

「沒有……有這種事啊？」

「廢話，她從早上就不在了。」

這真是驚為天人。春日會提到班上其他同學的事，扣掉她吐谷口耍白痴的嘈以外，也只有朝倉那麼一次而已。

「既然都受她委託了還是得多少負點責任嘛，像今天我就想問她有沒有回到以前的散步路線，想知道她跟狗狗的近況嘛。你都不在意啊？還有狗狗那麼可愛，泡芙也好吃的不得了，我可不會隨隨便便就忘得一點也不剩喔。」

本來還想替春日慶祝她在班上終於交到會去關心的女性朋友了，被她這麼一說確實令人擔心。畢竟阪中家近鄰被狗兒們視為禁地是不可或爭的事實，把事實只當作是個事實而置之不理的確有所不妥。將阪中的缺席跟那件未了的事件多做聯想也是合情合理。

「大概是被天氣變化影響了吧！搞不好她只是感冒而已。而且快要期末了，就算蹺幾堂課也情有可原。」

「也許吧。」

春日同意得這麼乾脆，真是值得額手稱慶。

「要是沒有SOS團的活動我也不會想來學校，不過那個乖乖牌阪中不像是會擅自把月曆的格子塗紅的人耶。」

我也不覺得擅自把假日改成SOS團活動日的妳，會是個忠實遵守月曆行事的人啊。

「嗯──」

春日把自動筆湊上雙唇道：

「要不要再調查一次啊？這次要讓實玖瑠穿護士服喔！」

就算來個啥都不行的冒牌護士也只會礙事而已。我看妳只是想再吃一頓泡芙沒錯吧？

「笨蛋，我也想去看J・J啊。你不會想看看把那綿羊般的毛剃光會是什麼樣子嗎？」

正當春日無所事事地轉動指間的的自動筆，宣告第三節課起跑的鐘聲也隨之迴蕩起來。

放學後，事態有了突破性的進展。

我在社團教室和古泉在將棋盤上廝殺、長門啃著書、朝比奈學姊套著一身比起巫女服還要合適數倍的女侍服替大家供應茶水。

這時因為當值日生而晚來的春日突然衝了進來。

「阿虛，果然沒錯！」

通常會帶著笑臉說這種話的春日，今天卻混進了一股沉鬱，看來這事非同小可。

「我知道阪中為什麼請假了！雖然她本人狀況也不太好，不過真正出問題的是盧梭，還送醫院了！只不過醫院也檢查不出個所以然，害她放心不下，最後積憂成疾連學校都不能來了。剛剛跟她講電話時還一副快哭出來似地，從早上開始胸口就悶到什麼都吃不下，而看到盧梭也是這樣，她更是難過得——」

「妳冷靜一點啦！」

對著只得這樣說的我，與其說春日是話被中斷而動怒，不如說是惡狠狠地瞪著視溺水孩童於無物的冷血動物說道：

「你是什麼意思啊？J・J現在重病不起，你還有閒情逸致在這裡喝什麼茶啊？J・J可是虛弱到連一滴水都喝不下耶！」

要是喝個茶也能被興師問罪，我和古泉跟朝比奈學姊都是同罪了，不過妳先從妳為什麼一跳進來就開始嚷嚷阪中家的事開始說起吧。

「因為我實在放心不下，所以打掃的時候就打了通電話到阪中的手機，沒想到——」

這真是今天的第二個小驚喜，不知道春日什麼時候跟阪中親密到會交換手機號碼了呢。

「實在不是打掃的時候了！」

春日揮舞著手中的手機說：

「果然那裡還是有什麼啦！我想盧梭的病源一定就在那裡，你看阪中她不是也說過了，附近的狗狀況都不太好。」

聽她這麼一提我才想起有這麼一回事。

「如果症狀一樣的話大概就真的是……」

「就是症狀一樣嘛！」

春日斬釘截鐵地說：

「剛剛才聽阪中說她帶盧梭到常去的動物醫院時，醫生跟她講前幾天才有相同症狀的狗來治療過，現在還得定期來醫院報到呢！追問下去才知道是樋口小姐的狗。」

樋口小姐又是哪位啊？

「笨蛋虛！阪中來這裡時不是說過了嗎？就是那個家裡養了一堆狗的樋口小姐啊！她住在阪中家附近，其中一隻狗狗身體狀況不太好，你都沒在聽啊？」

我想起來了啦。妳還不是在電話裡聽到才想起來的，只挑我一個人的毛病太說不過去了啦。可是盧梭牠竟然生重病？之前明明還活蹦亂跳的。

「那到底是什麼病啊？」

「就跟你說原因不明嘛。」

春日甚至忘了在團長席就座，就這樣一直站著說：

「連醫生也傷透腦筋。身體各方面都找不到毛病，總之就只是沒有精神，樋口家的麥克也一樣。極度的食慾不振無法動彈，連聲汪都不肯吭，讓她好擔心、好擔心呢。」

春日的眼神好像在指責都是我的錯，我則無辜地環視社團教室裡所有的人。

朝比奈學姊聽到盧梭染上神秘的病，憂心忡忡地抱著端盤；長門從書中露出臉來，保持著對春日的聲音側耳傾聽的姿勢；古泉則將放置在棋盤上的金將悄悄挪回原位，出聲說道：

「看來的確有必要再重新展開調查。」

他臉上浮現像是獸醫面對擔心寵物的飼主般的微笑。

「這原本就是阪中同學委託我們處理的事，只要有任何相關，我們都不能坐視不管。所謂好人做到底，送佛送上天不是嗎？」

「對、對呀，應該要去探個病什麼的……」

隨著古泉表明了態度，朝比奈學姊也點頭同意。

「…………」

長門闔上書頁，不發一語站起身來。

現在是什麼局面?沒想到所有人都為了盧梭的身子憂心操煩了起來。只不過那天結伴散了幾步路而已，就能輕易地獲取全體團員的心，這狗的非凡魅力實在令人敬畏。

「那你呢?」

春日挑釁似的瞪著我看。

「你打算怎樣?」

再怎麼說眼見布偶狗狗身體出毛病，我心裡也不好過。有別於三味線，那樣在溫室中長大的蘇格蘭貴族小型犬，細皮嫩肉的牠，身子骨也健壯不到哪去吧。

然而原因不明的健康不良著實令人掛心。我盡力不讓春日發現，悄悄將視線挪向某個人。

「………」

曾經保證過那裡空無一物的長門，看似幾經熟慮後抓起了書包。

大夥焦急難耐地等朝比奈學姊更衣，簡直像是賽跑似的拔腿衝出校園轉下坡道，及時跳上如跑馬燈看板所示，即將發車的電車，朝阪中家全速前進。一旦春日下令出征，其機動力與指揮力就算是追擊敵軍的蒙古騎兵隊長也只得自嘆弗如。

轉瞬間再度踏入高級住宅區的我們，目光全集中在春日那按住阪中家門鈴的玉指尖上。

「來了……」

出來應門的阪中氣若游絲，憂心忡忡的模樣伴著一雙擺明是哭到現在的汪汪淚眼。

「請進。謝謝涼宮同學跟大家特地來……」

阪中語尾一時哽咽中斷，我們應著她的招呼步入客廳。盧梭就趴在那看似阪中的專用椅上，縮著四隻小腳歇息著。一排排的白毛有著說不上口的黯淡，下巴像是垂在沙發外頭似的無精打采地癱倒著，對我們一行人聲勢浩大地登場絲毫不予理會，不僅看也沒看一眼，就連耳朵也沒動過一下。

「盧梭……」

朝比奈學姊率先上前，蹲下腳步往狗狗的鼻尖窺去。只見牠烏黑圓潤的大眼睛滴溜溜地轉動，哀怨地回望著學姊，旋即又趴了回去。朝比奈學姊將掌心覆在盧梭頭上，卻只換得牠兩耳反射性的微微抽動。看來真的病得不輕啊。

「牠這樣已經多久了?」

春日問道，阪中精疲力竭地回答：

「大概是昨天晚上，那時候我以為牠只是想睡覺所以沒多加注意。不過隔天起床後就一直這樣子，趴在這裡動都不動，飯一口也吃不下。當然也沒辦法晨間散步，我很擔心就帶牠去醫院檢查，結果……」

接下來就發現跟春日在社團室裡大吼大叫時的內容一樣嗎？原因不明的健康不良，還有另外一隻相同症狀的狗。

「嗯，就是樋口小姐養的麥克，是迷你臘腸狗吧。跟盧梭是狗朋友……」

朝比奈學姊發揮牠珍惜任何小生命的溫柔特質，就像悉心照料病人一樣來回撫摸著盧梭的頭。學姊內心的悲傷甚至散布過來，正當我感動不已暗自讚嘆時，某人的聲音就像沖散這濃厚的感傷似地說：

「我想請問一下。」

古泉不解風情地發問。

「如此說來樋口家的麥克君發現染上和盧梭君相同的病症是五天前的事沒錯吧，那麼麥克君現在病情如何呢？」

「我上午才跟樋口小姐通過電話。聽說麥克到現在一直都很沒精神，嚥不下東西只好送醫院打點滴跟營養針呢。要是盧梭也變這樣怎麼辦？」

也就是說，情況會一直衰弱下去不見好轉嗎？想起前幾天還活蹦亂跳的牠，現在竟遭逢如此巨變，雖然乍看之下跟窩在暖被桌裡打死也不出來的三味線相似，不過發生在狗狗身上可是非同小可。看來我終於肯認真擔憂起盧梭的病情了。

「還有一件事。」古泉又問：「除了麥克君跟盧梭君之外，還有其他的狗出現這種症狀嗎？

我記得妳提起過，散步時會有很多狗狗作伴。」
「我沒聽說過其他人有發生這種事，光麥克的事就已經鬧得人盡皆知了，如果其他人出現這樣的情況，我應該也會聽說才對……」
「關於麥克君，牠的飼主樋口小姐就住在這附近沒錯吧？」
「嗯，就在斜對面第三間……請問有什麼事嗎？」
「不，沒什麼。」
古泉沉穩地結束詢問。
阪中微微低下頭去說：
「也許真的是幽靈害的吧？連醫生都弄不清楚。」
聽她絕望地黯然低語，春日不由得深鎖眉間。
「也許吧……真的很不尋常。無論是不是真的有幽靈，這事情並不單純。」
剛開始一廂情願地看作是靈異事件，還抓朝比奈學姊扮成巫女誦經之類的蠢事似乎讓春日十分懊惱，臉上好像寫著若是怨靈或惡靈來真的，光靠虛有其表的巫女是行不通之類的，不過這對春日來說已經是鎮重地在反省吧。
「有希，妳有沒有什麼辦法？」
不曉得她為什麼要這麼問長門，但見長門小心翼翼地放下書包，迅速無聲地移動到盧梭旁，在憂心不已的朝比奈學姊身邊的空位蹲了下來，接著與盧梭面對面相望。

我也屏住氣息看著他們。

「…………」

長門伸手拖住盧梭的下巴並輕輕抬起，眼皮眨也不眨地凝視著牠黑亮的雙眼，那眼神就像是能直接從DVD光碟上讀取資料一般認真。長門以鼻尖幾近相觸的極近距離凝視著盧梭，就這樣過了莫約三十秒。

「…………」

長門以比幽靈還像幽靈的動作飄然站起，在大夥的注目之下回到原來的座位，輕輕地略微歪著頭。

春日重重地嘆了口氣。

「是嗎？連有希也不清楚的樣子，這也是沒辦法的事啦。嗯……」

不管春日到底對長門有何期待，想奢望長門當場一口氣治好盧梭的病，恐怕太高估長門的萬能度了。果然宇宙人加上治病神手過於理想了啊，當我雙肩跟著頽下的同時，背後卻感受到一股強烈的氣息。

我猛然轉過頭去，只見長門將視線對準了我，緩緩地眨了一次眼，以幾乎非得用刻上微釐的尺才測得出的微妙間距點了個頭，隨即便別開了目光。

應該沒有人注意到這一切，無論是春日、朝比奈學姊還是阪中都把心思懸在盧梭身上，完全沒注意到長門的一舉一動。只不過有個例外的傢伙把這一切盡收眼底。

「我先暫時撤退。」

古泉在我耳邊輕聲說道：

「我們待在這裡並派不上用場。沒錯，不論你我。」

古泉隱隱微笑，聲音壓得更低了。不要往我臉上噴氣啦，很噁耶。

「雖然稱不上十萬火急，不過也不得不趕緊採取行動。你看涼宮同學現在的狀況，我們必須要在她採取任何讓我們極力避免的行動前收拾這一切。而能阻止這一切的只有……」

古泉柔和的目光擒住長門，不過卻對著我眨眼。

這暗號所為何事啊——本想裝傻矇混過去，只怪我頭腦太機伶，一個不留神就全盤皆懂。擅長解讀古泉跟長門的表情明明在考試時根本派不上用場，可是現在卻不是感嘆的時候。並非為了古泉，全都是為了盧梭與阪中他們。

該是有所作為的時候了。

揮別阪中家後，春日和朝比奈學姊一臉恍神，好似三魂七魄不知道留了多少在病犬旁似地，無論是步行時還是在電車中皆默默不語，就算在我們的電車飛抵月台後下了車，阪中沮喪的心情仍像傳染病似地，連我也跟著心神不寧。

我又何嘗不擔心呢，眼睜睜看著健康的小狗陷入病榻可是一點也不好受。與其心情憂鬱，不如在校舍裡東奔西跑忙進忙出反而讓人覺得安心，這點不管是對人還是動物都是一樣的吧。

只不過古泉只丟出個「談到狗的疾病，我可是個束手無策的大外行」這樣冷冰冰的結論。

「先為牠祈福吧，獸醫院也不是擺好看的，我們應該趁這時候研擬對策才對。」

要是研究就能得到結果就謝天謝地了。要是一點用也沒有呢？我可不想在盧梭的葬禮上露臉啊。

「幸好我有認識的獸醫，我會試著向他請教請教，也許能找到什麼線索。」

春日跟朝比奈學姊對古泉做作的安慰無動於衷，充其量只有「嗯」、「喔」之類含糊其詞的嘟囔應聲而已。

就這樣沉浸在這種晦暗的氣氛下也不是辦法，只得宣告散會。應該說是硬要大家解散的，要是真這樣繼續下去，所有人也許會就此陷入陰鬱的惡性循環無可自拔也說不定。

春日與朝比奈學姊肩併著肩沿著鐵軌旁的路漫步著，原本我跟古泉也是走那條路回家比較方便，不過春日似乎完全沒注意到我們繞了路，很快地已經看不見她們倆的身影。

雖然這樣說對她們過意不去，不過礙事的人已經消失了。我是多麼希望朝比奈學姊能留下來啊，不過這次恐怕沒有她出場的餘地。

和我跟古泉一起遙望著兩人的長門，也將身子轉向自己的公寓，不過卻遲遲不踏出腳步。

「長門。」

短髮配上制服的細瘦身軀機械般地滑順回轉，就像早就料到我會叫她一樣。

看她的表情我似乎有所感應。果然沒錯，長門的確知道些什麼。那我就不客氣的問囉。

「盧梭到底是被什麼給纏上啦？」

還以為她會再多想一點的，只見她簡單地開口：

「資訊生命元素。」

聽了她的回答，我卻——

「…………」

說不出話來。

長門似乎發現我的無言是因為無法理解，便繼續說下去：

「矽構造生命體共生型資訊生命元素。」

「…………」

我更是一整個無言，長門見狀似乎還想再補充些什麼微張了雙唇，卻發現暫無合適的解釋而把話吞了回去。

「…………………」

兩人就這樣繼續保持沉默。

「總之，盧梭君牠是被肉眼看不見的外星生命體附身了吧？」

聽古泉簡單講解後，長門她花了點時間，擺出一副向某人申請許可似的姿勢之後說：

「沒錯。」

她點了點頭。

「原來如此。那麼把那個資訊生命元素解釋為單純的資訊，不僅肉眼看不見，甚至沒有所謂的外形也無不妥吧。」

「並無大礙。」

「這麼說來就跟資訊統合思念體是差不多的存在吧？就像是附在電研社的社長身上那種網路感染型的資訊生命體一樣。」

「和資訊統合思念體與其亞種所屬層次不同，這次的更為原始。」

「能夠相互比較嗎？把統合思念體比做是人類的話，那種矽構造生命體共生型資訊生命元素應該比做什麼呢？」

那是個一旦入耳就難以忘卻的回答。面對古泉的連續追問，長門保持一如往常的口氣，簡潔地吐出兩個字：

「病毒。」

「這樣就能解釋了。從第一隻狗的身體……應該說是精神失調，到後來盧梭君也發生相同症狀，是因為資訊生命元素的異變體像病毒一樣增殖並感染的結果。」

古泉的指尖輕輕撥弄他長長的瀏海：

「話說回來，那種特別的資訊生命體是怎麼來到地球，又為什麼會寄生到狗身上去呢？」

「恐怕是——」

長門輕描淡寫地說：

「可以推定作為宿主的矽構造體受到地心引力吸引而化為隕石。那個矽構造體在突破大氣層時雖因摩擦熱而消滅，由資訊為組成要素的生命元素卻因為不會隨物質消滅而得以留存。資訊是不會消失的，而殘留的資訊生命元素則落定到地表上。」

「而那個地點就是狗的散步路線一帶，之後便移轉到時而經過的狗身上去了。」

「我認為那種矽生命體的網絡系統，跟狗的腦神經迴路有一定程度的類似。」

「但由於不可能完全相同，因此造成了狗的衰弱。」

和古泉對答如流的長門，閉上唇瓣稍加思索後說：

「並非是感染。這是資訊元素整體為了擴大思考記憶體所造成的。」

完全聽不懂——

不過古泉好像都能理解似的。

「就是說只有一隻狗的話資源不足的意思囉？只不過就算是兩隻我想還是不足以負荷。為了要讓矽生命體全體網絡構造免於資源不足的情形，需要佔用多少隻狗的腦容量呢？」

「以現有資料庫中最小規模的矽生命體來推算……就算全球的犬科腦容量集合起來也不敷使用。」

「暫停一下。」

在巨大的不安驅使下，我打斷了兩人的對話。

「盧梭跟另一隻狗是被奇怪的宇宙病原體害成這樣的，那個病毒什麼的附在隕石上掉下來我也還聽得懂。不過，怎麼說啊，在宇宙裡……還有像我們人類這樣……或是像長門妳這樣的有機生命體……也就是說有機物之外的生命體存在的意思囉？」

長門突然間若有所思地說：

「這問題的解答端看你如何定義生命。」

長門那透明的雙眸注視著我，幾乎要把我吸了進去。

「在以矽為主幹的構造體之中，若包含有意識的話就是存在的。」

就算妳如此流利地回答我，我這種程度的人還是聽得一個頭兩個大啊。如果跟SETI（註：Search for Extra-Terrestrial Intelligence地球外知性生命體探索計畫，1971年美國航太總署串連1000座電波觀測望遠鏡，藉以探測地球外所發送的電波，以圖找到外星人存在的證據）正在進行的獨眼巨人計劃的立案者解釋的話，包準他會樂得踏著小跳步去募集資金吧。

「不過啊。」

話雖至如此，我還是有些聽不懂的部分，所以索性就說：

「矽到底是什麼東西啊？」

真不巧我一時無法把化學的內容跟老師的臉搭上線。

「簡單來說就是SILICON。」

古泉答道：

「以做為半導體的材料而聞名。」

古泉對著長門做了個耐人尋味的笑。

「長門同學是指機械知性體吧，類似人類還無法成功開發的人工智慧。只不過在宇宙中存在著非經人工，而是自力獲得意識的非有機生命體。不過要是俯瞰全宇宙的話，也許它們比較普遍，而我們人類這樣的有機生命體才稀有吧。」

長門仍然無視古泉，直盯著我看。彷彿在等我自己做出解答一樣。

這麼一來我才想起第一次跟長門借的那本書。那時被書籤上寫的句子所引導，第一次被帶到長門家那時所聽到的話。

——我們都認為無法在資訊收集和傳達能力有限的有機生命體身上發現知性——

古泉下意識地摸著下巴說：

「也許矽構造體只是一般的物體，是在資訊生命元素寄宿之後始獲得知性，兩者之間有這樣一層關係吧？」

長門抬望著天，從像是向誰尋求許可似的微妙動作回到一般的位置

「所謂的知性——」

她稍微停頓了一下。

「是以能蒐集資訊，並自行處理所積蓄的資訊之能力層級而判定的。」

今天長門難得——不，應該說是從她表明身分那天以來——第一次那麼多話。果然只要扯到專長領域，這傢伙也會滔滔不絕。

「資訊生命體寄生到矽生命體後，便負責輔助它們的思考行動。原始的生命資訊元素落單的時候只不過是單一資訊群體。要獲得、處理新資訊就必須透過物質所構成的網絡迴路。兩者相互共生，互享利益。」

只不過，那個矽生命體到底是個怎樣的東西？是個被地心引力拉進大氣層到燃燒殆盡為止

都一直在發呆，保持恍神狀態的悠哉傢伙嗎？
「它們的生命現象只限於思考。」
長門雲淡風輕地說：
「除了思考之外什麼都辦不到。在廣大的宇宙空間裡被重力捕捉的概率趨近於零，因此並未發展出生命維持系統或是保護自己的概念。」
它們在宇宙裡漂泊時都在想些什麼啊？
「由於理論基礎迥異，故有機生命體無法理解其思考型態。」
無法溝通嗎。那麼還是暫時不要告訴NASA好了，就算兩者有所接觸我看也只是白搭。
「真沒辦法。」
從阪中的靈異說一口氣飛到遙遠宇宙的彼端真可說是一大躍進啊。還扯到知性什麼什麼思考型態什麼什麼的，簡直就像讀完了N本從長門那借來的重度SF小說一樣，讓平時沒什麼素養的我實在是吃不消。
真不知道這到底算是科學還是哲學或宗教領域。看不見的資訊生命體，還有它所寄宿的矽石堆……比起來幽靈還真是淺顯易懂。
「嗯？」
我突然有種不可思議的想法。阪中請我們調查幽靈傳聞，而所謂的幽靈指的就是靈魂啊。

「那麼，靈魂存在嗎？」

假如沒有實體的資訊生命體等等是地球外生命體的知性來源，那麼儘管身為宿主的本體消滅後，附身其中的資訊生命元素殘留下來落到地面上的話，不就跟所謂的幽靈沒兩樣了嗎？

「那人類的情況又是怎樣呢？我們的腦袋瓜專司思考，其中也必定存有意識。難道說肉體毀滅之後精神依然會留存下來嗎？」

這還真有點──不，這算是大事了。不論有無，對今後的人生方向都有重大的影響。

長門不作回應，只有一臉奇妙的表情。雖然還是跟平時沒表情那樣相去無幾，不過總覺得有些微妙的變化。就算其他人都看不出來我還是能感受得到，自從結識以來也過了將近一週年了，要練出那種程度的觀察力可是綽綽有餘，也有數度發揮我洞察力的機會，這樣身經百戰的我說的話準沒錯的啦。

而長門她──

「……………」

不發一語、面無表情，心裡卻又有著什麼就要訴諸表情似的。只要我的觀察力燃油尚未用盡之前都能隨時為您服務──

「……………」

簡直是對自己開出去的冷笑話的乾笑回應尷尬相對似的一陣無言。

之後，從長門口中傳出簡單明瞭的幾個字。

「那是禁止事項。」

一陣長長的嘆息傳入耳裡，那正是從我口中吐出的嘆息。禁止事項啊？這也是我一直很想用用看的字眼呢，有我答不了的問題時拿來當擋箭牌正好。乾脆在下次被老師叫起來回答的時候試試看好了。

這是不是長門誕生以來開過的最大玩笑當然也在懷疑範圍之內，只不過現在要緊的是處理盧梭的問題，如何處置這隻宇宙病毒才是當務之急。

「妳有什麼辦法嗎，長門？」

「可以。」

聽長門這麼一說真是令人歡欣鼓舞。

「將該資訊生命元素的構成資訊加以抑制、最小化之餘將其壓縮建檔，並以活動停止狀態保存。只是需要能夠保存資料庫化文件的生體網絡。」

聽起來過程相當複雜且難以理解。不能直接消滅它嗎？

「無法消除。」

為什麼？

「並沒有受到許可。」

妳那裡的老大不給啊？

「沒錯。」

那個資訊生命元素已經被劃入銀河系瀕臨滅絕種的範圍了嗎？

「是有益的存在。」

聽起來對人類來說，就像是比菲德氏菌還是乳酸菌一樣。

也丟一些問題給古泉吧，看他擺著一副怪臉。

「能不能找個矽石塊讓它附上，再用火箭什麼的打回宇宙啊？這種事以你的組織的能力應該辦得到吧。」

古泉聳聳肩說：

「要從矽谷煉幾塊給你都沒問題，液態氫火箭的準備工作只要動用幾項政治與經濟操作也許能夠達成。只是矽生命體的準備我想是愛莫能助。」

不行啊。不對……給我等一下。

我腦海裡有根發出璀璨光芒的華麗金屬棒一閃而過。那個從鶴屋學姊家的山裡堀出，鶴屋家珍藏的元祿時代的遺留物。難道那是為了這一刻而出土的嗎？過去的贈禮，充滿謎團的O—

PARTS……

「大概不是吧。」

聽鶴屋學姊說照片裡的棒狀物是鈦鉻合金才對。要是在學界公開發表的話，可不只是發現邪馬台國所在地之類的大騷動而已。也不像是乾燥海帶芽那樣一淋上水或許就會恢復生機的矽生命體化石一類無緣的出土物。或許在其他機會會用到吧，還是說其實是該永遠封印的東西呢，也或許是留給比現代更遙遠的未來使用的工具吧。可以的話我還真不想再見到那玩意，縱然它是在某種機緣下因我而出土的。

當我還埋首於自己的思考世界裡，古泉的聲音將我拉回了現實。

「幸虧這還沒那麼緊急。從第一隻狗病倒之後到生命體的觸手襲向第二號的盧梭君之間，尚有數日的空檔。今明兩天有所作為的話，應該能阻止被害繼續擴大蔓延。」

應該是在地球上與身處遼闊宇宙中的時間感有相當的不同吧，病毒選用宇宙時間發作還真是萬幸。

「我們明天再去拜訪阪中家吧，也剛好是假日。只不過最好事先準備另一套說詞，看病頻繁雖不至遭人起疑，不過事實上我們是去治病的。還有另外一隻樋口小姐養的狗也得做相同的處理才行。」

古泉的話我有一半從耳裡流了出來。說詞什麼的你自己去想，治療則是交給長門就萬事O

K了。

「明天見，不好意思有勞妳了，長門。」

就像心思還留在阪中家的春日跟朝比奈學姊一樣，我的心也幾乎飆到浩瀚宇宙深處去了。所以我一臉茫茫然的樣子，就在我茫茫然踏上歸途時，體內有個緊急裝置突然啟動，怎麼啦怎麼啦？

轉過身一看，原來是長門的手指扣在我的腰帶上靜止不動。長門啊，要拉住我是可以啦，只不過請先出個聲或是拉拉袖口之類的嘛。雖然後者比較值得期待。

只見長門面無表情的小嘴隱隱作動：

「我需要一個東西。」

「啥？」

「貓。」

在我吃驚之餘，長門像是用特別挑過言詞的口吻說道：

「我想要你們家的貓。」

跟古泉和長門擬好對策後，準備打道回府的我在路上拿出手機。

「春日啊？對啦是我。有點關於盧梭的事想跟妳說。其實啊，在我回家的路上，長門想起她以前讀過的書裡面好像有看過跟盧梭相似的症狀……嗯，也有提到治療方法，雖然不是說百分之百有效……對，我知道。還是有試它一試的價值吧？長門她知道該怎麼做，所以明天再去拜訪阪中如何……現在就去？不行啦，還有很多沒準備好，明天就沒問題了，不要急嘛。古泉……不是，長門說病情應該不會快速惡化……也對啦，妳就先跟阪中知會一聲吧。啊、除此之外還有一隻狗不是嗎？就是樋口小姐養的麥克。牠也順便……也對，告訴阪中把牠一起帶來吧，我也會通知朝比奈學姊的，那麼，明天……九點可以吧，這樣就應該行了，一樣在車站前集合喔。」

翌日，來到這個因為成了SOS團的集合點而快要變成觀光景點的站前，全員在二十分鐘前就等著姍姍來遲的我出現。

然而保持一貫表情的只有長門跟古泉，朝比奈學姊焦急不安地來回踱步，春日則是與將所有身家財產都押在樂透彩上的人，等待開獎日的表情沒啥兩樣。

「你也太慢了吧？」

她神色複雜地瞪著我。

僅有這天春日沒罰我上咖啡廳請客，只管抓著我的手三步併作兩步直往剪票口去。

「你到之前我就問過古泉了。」

春日一邊按下與人數相符的票數一邊說：

「聽說有希打算要試試民間療法，什麼專治陽貓病的。」

陽貓病？那又是啥？棲息於玻里尼西亞一帶的新種妖怪啊？

「就是盧梭君可能染上的病啦。」

拿到車票的古泉將手往自動剪票口一伸，為了不讓我露出馬腳快速地說：

「就是指原本活潑的狗某天毫無來由地，突然像日光浴中的貓一樣動也不肯動的病例。相當稀少呢。連醫學專書裡也沒有記載，一說認為是某種神經衰弱症——」

古泉對我使了個眼色。

「——以上是我從長門同學那聽來的相關說明，她表示是從古書上看到的。沒錯吧？」

唯一套著制服的長門一目了然地點了頭。總算是照計畫順利進行，只不過好像有點牽強就是了。

長門看著古泉手上知名百貨公司的紙袋，隨即又盯著我手上的外出貓籠。

「喵～」

扒著箱子縫隙的三味線就像跟長門打招呼似的喵了一聲。

春日輕輕在外出貓籠上敲了一下：

「治療過程竟然要用到貓還真是種怪病，有希，真的沒問題嗎？那本書真的能信嗎？」

比起治療我還寧可說是除靈，不過還是不能洩漏天機給春日知道。還好長門是個無口娘。

長門默默地歪著頭，一隻手向我伸出。妳想要什麼？我全身上下的家當也只有這個裝著三味線的塑膠貓籠而已啊。

「貓。」

長門用毫無抑揚頓挫的聲調說：

「借我。」

貓被借走的我兩手空空，在車上這段期間長門端坐在座位上，膝上擺著外出貓籠。也許是電車搖搖晃晃的關係，不曉得長門有沒有打什麼暗號過來還是保持無言狀態，三味線倒是乖乖窩在外出貓籠裡不吵不鬧。

挾長門而席的春日與朝比奈學姊似乎很在意外出貓籠裡的動靜，相較之下我還比較想知道古泉的紙袋裡到底有什麼法寶。

「別擔心，應景的道具我都準備齊全了。」

車門邊兩個男人的對話還不至於溜進春日耳裡。古泉抖了抖紙袋說：

「要在一晚內湊出來還真有點趕，總算是足以應付。之後就看長門同學表演囉。」

沒必要去懷疑長門的能力啦，相信她一定能治好盧梭。不過真讓我頭痛的是善後的問題。

「那部分正是我的職責所在，雖然是直覺這麼告訴我的，不過應該不會太過繁雜，看現在涼宮同學的情形就能略知一二。對她來說當下的最優先事項就是治癒盧梭君，若是能平安落幕的話我們的任務也將告一段落。」

是這樣就再好不過啦。

我將目光焦點從笑得遊刃有餘的古泉身上移開，隨著電車減速抓緊扶手。到阪中家只剩兩站，沒什麼時間能讓我多作思考。

這次是第三次打擾阪中府上，短短一個禮拜之內造訪三次是當初始料未及的。迎接我們的阪中雖然跟昨天一樣無精打采，不過她看著我們的眼神裡還將一縷希望寄託在我們身上。

「涼宮同學……」

春日對著哽咽失聲的阪中用力點了個頭後轉過身去，在那方向的是團員中最為優秀的，穿著制服清瘦的長門。

「就包在我身上吧，阪中！有希她可是深藏不露的萬事通喔，J・J馬上就會好轉的！」

僅有數步之遙的阪中家客廳裡除了阪中的母親之外還多了一位女性，不必多去費心觀察她那凝重的表情，看似大學生的她想必就是另一名受害犬的主人，也就是阪中口中的樋口小姐，而在她懷中垂頭喪氣的迷你臘腸狗就是麥克不會錯。

盧梭的狀況一如昨日，趴在沙發上一動也不動。雖然眼皮是開著的但兩眼無神，跟麥克一個樣。

該準備了吧，我、長門與古泉六目相交。

接著長門幽幽地指揮現場，而我則充當助手。這是昨天我、長門與古泉三人小組會議後下的決定，治療儀式也照原定計畫順利開始。古泉也準備好了該用的道具，雖然不知道是上哪弄來的，不過這時候那小子倒是挺派得上用場的，比起準備矽構造體應該是輕而易舉吧。

首先拉上窗簾遮斷陽光，當然電燈也得全程熄滅，讓室內保持陰暗。接下來我從古泉帶來的道具堆裡拿出彩色粗蠟燭，插在稍有年份的燭台上之後用火柴點燃。緊接著在小甕裡塞入香料，同樣地用火柴點火。確認古怪顏色的煙與香氣裊裊升起後，我向長門使了個信。

長門托著三味線的腋下，將牠從外出貓籠裡抱起。其實三味線最討厭人家這樣抱牠，但不知為何這隻總是會齜牙咧嘴目露兇光的三色貓，在長門手中竟然服服貼貼的。

我乾咳幾聲後：

「呃——請把那隻狗擺在盧梭旁邊好嗎？」

年輕端莊的樋口小姐眼見我們作勢施法的樣子而面有不安，但她還是照著我這個助手兼司儀的話去作了。躺臥在沙發上的狗狗一增為二，就像失了魂似的了無生氣。

長門在沙發前抱著貓跪坐下去。

接下來就是最後的潤飾了。我按下數位錄放音機的開關，擴音器中隨即流瀉出Termenvox（註：電子音樂，在天線附近以手干涉磁場，藉以微控音量與音階。1920年由俄國物理學家Termen所發明）跟Sitar（註：北印度弦樂器，除了七條主弦之外還有多數共鳴弦）的音色旋即流瀉而出。老實說我是覺得太誇張了點，不過古泉堅持作事要貫徹始終，絕不能虎頭蛇尾。

在蠟燭飄忽不定的照明、稍帶香甜氣息的薰香，以及東洋樂曲的繚繞之下，長門作出讓人跟詭異宗教儀式聯想在一起的舉動。

「……………」

在晦暗的室內，那張白皙的臉龐就像被冷凍乾燥處理過一樣不帶一點表情，和那這臉同樣白皙的手開始有了動作。她一手放在盧梭頭上，先是來回撫摸，再將那隻手貼在三味線額頭上。沒想到三味線在陌生人家裡，甚至面對著兩隻狗竟然還能穩如泰山，實在讓我這個做主人的感佩不已。

長門讓三味線湊近盧梭的鼻尖，盧梭的黑眼珠緩緩移動，跟那三色貓圓睜的眼相互交疊。這時長門像是從旁協助將某樣看不見的物體從盧梭身上移轉到三味線身上似的交互移動雙手，然後相同的舉動在麥克也身上重複一次。能注意到長門的唇微微顫動說些聽也聽不見的語言的，我想在場只有我和古泉別無他人。

最後長門將兩隻狗的鼻尖抵在三味線狹小的額頭上，隨後拔地站起，不發一語地將三味線放回外出貓籠，提起籠子啪噠啪噠地走來，將其拿至我胸前同時留下幾個字：

「結束了。」

當然，全場瞠目結舌鴉雀無聲，至少連抱著貓籠的我都訝異如此，春日跟朝比奈學姊，還有阪中跟樋口小姐現正作何反應自然不在話下。

春日大口開開，試著理解現場情況，接著問道：

「結束了？有希，妳是說那個嗎？剛剛到底是怎樣了？」

「……………」

長門只是轉轉脖子將視線轉往那兩隻狗身上，就像是說「看那邊」似的。

其他人也隨她掉過頭去。

在那的是——

搖搖晃晃地抱著大病初癒的眼神站起，正在以討喜的動作尋找各自主人的兩隻小狗。

「盧梭！」
「麥克！」
阪中跟樋口小姐即刻衝上前去伸手抱住牠們倆。嗚——兩隻狗有些虛弱地甩著尾巴回應，還把主人的臉頰舔得濕答答地。
在朝比奈學姊幾乎感動落淚的這場戲落幕後片刻，客廳從詭異的施法現場回復到往日的窗明几淨。
阪中的母親正在廚房讓盧梭跟麥克飽餐一頓，這時圍繞著價值不菲的高級餐桌團團坐的除了我們五人以外，還有阪中跟樋口小姐，古泉對她們說：
「剛剛長門同學所做的是透過貓，讓動物與動物之間進行交流的劃時代動物療法哦。」
雖然這說明很扯，不過他爽朗的笑容及明快的口吻還是把大家唬得一愣一愣的。
「蠟燭跟薰香裡面含有香精油，對嗅覺敏銳的狗狗來說效果比用在人類身上還要顯著。聽覺上也是特別選用能讓牠們放鬆心情的音樂。」
瞎掰也要有個限度啊！不過在盧梭跟麥克真的好起來的份上就睜一隻眼閉一隻眼吧。不僅阪中跟樋口小姐笑得合不攏嘴，就連阪中的母親也因為愛犬跟女兒同時恢復元氣，不斷獻上堆得像小山一樣的，春日之前讚不絕口的現烤泡芙以表謝意。

比母親還樂的阪中說：

「長門同學妳真的好厲害哦，還知道獸醫不懂的事！」

「因為有希是ＳＯＳ團的萬能選手啊！」

相較於靜靜地吃著泡芙的長門，春日她鼻子翹得老高地說：

「她啊，胸藏萬卷，不僅吉他彈得好，就連作菜也是一流，運動方面也是高中聯賽級的哦！」

「長門同學讀過的古書中有記載這種治療法真是太好了。」

優雅地啜飲著紅茶的古泉接腔說道：

「中藥裡也有一些效果是現代醫學所無法解釋的。可不能說民間療法都是不可靠的呢。」

聽起來像是古泉終於替他的漫天大謊下了個總結。

用過的香精組合整齊地靜躺在紙袋中，雖然也想讓道具之一的三味線在事後從外出貓籠出來透透氣，但為了預防牠拿阪中家的高級家具當作磨爪棒，還是就這樣保持原狀吧。離開長門的手就在外出貓籠裡不安分地搖來搖去，放一陣子不管應該就會回去睡牠的大頭覺吧。

三味線可說是這次必須極力犒賞的最大功臣，雖然其他道具只是做為掩人耳目之用，不過這秘密就埋在我、長門跟古泉心底吧。

其實長門的工作就只是凍結資訊生命元素而已。

講明了就只是長門把兩隻病犬體內的資訊生命元素給凍結起來罷了。雖然這解決法簡潔有力，不過還是有個問題。那就是當樋口小姐家的麥可或阪中深愛的盧梭陽壽耗盡蒙主寵召之後，處於凍結狀態之下的資訊生命元素仍會留在地表。雖然目前暫時停止活動，但仍有無法忽略它可能在某種刺激之下解凍，再次製造事端的可能性，因此將其設置於能長期監視的生命體內是最完善的做法。雖做為宿主的生命體什麼都好——比如說我跟春日——只不過長門以最不容易出狀況為由指定三味線完成這項任務。總歸來說牠好歹也是隻體驗過說人話等超自然現象的三色貓，就算再加上什麼新宇宙變態性能也沒問題吧，要是真有什麼變化我也能及早發覺。

隨便啦，我也不去想那麼多，只顧著將泡芙一口塞進嘴裡。

雖然阪中的境遇令人同情，但又會有誰來可憐我這個寵物身上被塞進災難因子的飼主呢？要是長門家的公寓可以養寵物的話讓給她也行，只不過要說服老妹恐怕沒那麼容易，而我也對牠有點感情了。好吧三味線，祝你活得長久變成貓又。（註：傳說貓活到40歲以後尾巴有機會分成兩條變成妖貓，能說人話，稱為「貓又」。）

在眾人一舉沉浸在歡慶氣氛中的阪中家裡，心想也許有一天三味線會再度開口的我，實在是……

準備告別阪中家的時候，盧梭跟麥克都像沒生過病似的回復了往日的活潑朝氣。對此春日跟朝比奈學姊也喜出望外，兩人交互擁抱著兩隻親人的狗狗，展現出燦爛的笑容。

臨別時阪中的母親還拿了一大堆沒吃完的泡芙讓我們當作禮物帶回去享用，尤其是交給長門的袋子更是整整大了一圈。看到值得感謝的人得到合適的謝禮是再好也不過了。先前聊天才聊到她正在念大學的樋口小姐也想送些什麼聊表心意，不過春日乾脆地回絕：

「沒關係、沒關係啦，一開始就沒想過要收錢嘛。讓我抱抱小麥就可以了啦。我們SOS也不是營利組織，絕不會只為了錢或獎品去賣力的！能為了J．J跟小麥康復而快樂的這份心就是我們最好的報酬了，對吧？有希。」

長門連聲嗯都沒有，只有下顎些許移動。

古泉仍不失冷靜地對阪中說：

「要是看到其他的狗也有這種症狀時，請馬上通知我們，雖然可能性極低，不過還是保險一點好。」

「嗯，我會去看看一起散步的狗狗的！」

阪中有如搗蒜地熱心點著頭。

跟揮舞著雙手大喊著學校見的班上同學道別後，春日滿心歡喜地邁開步伐。尾隨其後的我腦中咕嚕嚕地轉著。

下學期春日如果還能跟阪中同班，應該是件好事吧。

無論在往車站的路上還是返家的電車裡頭，春日把「某件事」忘得一乾二淨似的和朝比奈學姊大談狗經。對我來說她還是忘了比較好，沒事就暫時別提醒她吧。

在抵達集合的車站前，我們就各作鳥獸散了。春日、長門和朝比奈學姊因前站離家較近，所以提早下車了。雖已過中午，我的肚子卻早被泡芙佔據，手上又提著貓，就別進餐飲店了吧。就這樣今日的SOS團活動到此結束。

跟我通過同一個剪票口，在同一站下車的只有古泉一人而已。

古泉在踏上歸途的我身邊亦步亦趨。你家往這方向啊？

沒有醒目吵雜的SOS女團員相伴，跟個超能力小子走在同一條路上，真有種耳目俱寂的感覺。

「今天辛苦啦。」

從古泉口中聽起來只像個客套的社交辭令罷了。

「都怪問題的癥結太過棘手，還得動用三味線君來幫忙。這次真的受惠於長門同學不少呢，說起來去年也發生過類似的事吧？喜綠學姊來訪，我們從資訊生命體手中救出電研社社長……你不覺得來委託我們解決的事都跟長門同學有關嗎？」

「你想說什麼？」

「長門同學加入SOS團可說是必然的結果，這只是我個人的感想罷了。話說回來我看你也有不少心事不吐不快吧？」

我可沒那麼想過啊。要硬擠點感想出來的話，巨大蟋蟀寄生體也好，這次的也好，簡直都像是被磁鐵吸住的鐵沙一般從宇宙直往地球飛來要作何解釋？說起來長門也一樣，不過長門是因為有春日在──

我猛然停下腳步。

春日。

這就是答案嗎？由春日引發的資訊爆炸而導致資訊統合思念體將長門送來這裡，不管怎麼說都是自發性的行為。相反的把電研社社長的房間弄成那副德行，附在隕石上掉下來的精神病毒之類的目標也應該不是春日。至少長門說過前者是幾百萬年前就存在的東西了。

要是春日的下意識跨越時空到了那麼遙遠的過去產生影響的話，牽扯的範圍又一口氣拉得太廣了。但是，朝比奈學姊……未來人來到現代又是代表──

就在我認真思索時，有個聲音像是聽見我細碎的自言自語，或者是故意找時機似的打斷我的思緒。

「你覺得都是偶然嗎？」

古泉用咖啡廳裡的服務生向顧客確認餐點時的口氣出聲問道。我好像能猜到古泉想要說的話似的：

「你就明講好不好？我沒那種閒工夫跟你打啞謎。」

「宇宙生命體特意降落到我們的城市裡，其中精神寄生體還附在班上同學養的狗上，而且阪中同學事先就來找ＳＯＳ團商量，我們也跑了幾次腿……長門同學發現真相而作適當處理。如果這全是並起的偶發產物，那可是天文數字級的或然率啊。」

先說好我可不是跟春日同一國的，只不過被人這樣說就會提出反論是我的天性。

「天文數字就天文數字啊，就結果來說不就是出現了兩種外星人，這不是偶然是什麼？還是你要說跟你的推理懸疑劇場一樣，這一切都是長門編的劇？」

「不至如此。我想暗地裡在操作的應該是資訊統合思念體本身，或是未知的別種外星人吧。而這些應該也不是涼宮同學所希望的。」

你又知道囉？搞不好在春假裡悶得發慌的她想來點什麼——就實現了不也是有可能嗎？

「我不是說過了嗎？現在涼宮同學的精神狀態漸趨平穩。甚至能說是平靜無波。然而，那正是問題所在。」

我不出聲，趕緊加快腳步。古泉的指尖在他唇邊滑動著。

「或許有些認為涼宮同學安分並不有趣的不速之客存在。資訊爆發、時空震盪、閉鎖空間等等什麼都好，甚至在某些領域裡有一派人想讓涼宮同學發現這些無法分析的能力，而在暗中伺機蠢動也說不定。」

古泉的笑臉漸漸扭曲，覆上一層朝倉涼子的影子。

「所以呢，這次的事也許是某種預兆吧。」

這算什麼？說什麼都是預兆的話，我現在就可以拿著超級預言家諾斯特拉達姆斯二世的牌子跳出去招搖撞騙啦。

古泉添上一抹冷笑。

「宇宙來訪者在這個時機出現，恐怕不是一個偶然就能帶過的，我想你應該也了解。那些被我們稱作是外星人的，而且就潛伏在我們身邊的外星知性ＴＦＥＩ，也就是統合思念體所製造的人型終端機的事。」

「嘖。」

雖然我不想搞得太戲劇化，卻板起臉來咋了舌。古泉，我才不會跟著偶露偽善面具下的你起舞。想叫長門是人型終端機就叫吧，反正那是事實。只不過：

「我對你似乎對其他外星人的存在，有個底的事比較在意啊。」

「因為『機關』本來就握有各式各樣的情報源嘛。自然我所知道的也比較多樣，雖然還稱不上是全部，不過，你知道的。」

古泉的微笑終於回到正常狀態。

「其他的外星人就交給長門同學負責了，畢竟我的工作重點是放在『機關』的敵對組織上啊，我想他們就快要採取行動才對。同樣的，其他的未來人就留給朝比奈學姊去應付囉。」

雖然從古泉表情上嗅不到什麼認真的氣味，不過我仍表示贊同。只不過對象不是現在的朝比奈學姊，而是更遙遠的未來的她。

至於長門就放一百二十個心吧。現在沒有任何東西比她還擁有更強烈的自我意識，這點我敢拍胸脯保證。要是真有個萬一就請古泉你捨命陪君子啦。有必要的話要重複幾次都行，在雪山那時的約定可不准你食言啊。

「我還記得。當然，要是我真的不小心忘記了，你也會馬上提醒我吧。」

隨著他爽朗的笑容，古泉伸直了雙手。

「到時候再說吧。」

「啊、你回來了！」

一回到房間，就看到老妹窩在我床上看漫畫。

「你帶三味去哪裡啊？」

我沒作聲，只是彎下腰把三味線從外出貓籠裡抱了出來。那隻三色貓一重獲自由，旋即跳上床鋪，爬到老妹背上用前腳如同馬殺雞一樣左踩右踏。癢得老妹一邊笑一邊啪啪啪地甩動雙腳說：

「阿虛，把三味拿走嘛——這樣我起不來啦！」

我再次抱起貓，放到老妹旁邊去。這名現年十一歲的小五生，馬上就要升上小學最高年級了。她放下漫畫一邊輕輕撫摸著在棉被上捲成一團的三味線，一邊聞啊聞的。

「好——香——喔——是什麼味道啊——？」

我拿出阪中的母親送給我們作為謝禮的泡芙交給她。斜眼看著老妹大快朵頤的樣子，我拿起擺在書桌上的精裝書。

大概是七天前，期末考查結束後想拿來冰鎮一下腦袋，從社團的書架上借來的長門收藏之一。「有沒有什麼好看的書呢，最好是適合我現在的心情的。」對如此提問的我，長門在書架前佇立了五分多鐘之後，徐徐地將這本書遞給了我。雖然只看到一半，內容是有關一對男女從高中到大學編織而成的愛情故事，沒有ＳＦ、沒有懸疑成分也不奇幻，描述著極為普通的世界，卻很妙的跟當時與現在的我的心情相互契合。長門將來絕對不會成為獸醫還是香精療師還是占卜師什麼的，她肯定會是個偉大的圖書館館長。

我趴到床上翻起書頁，而老妹則到廚房去找飲料配泡芙了。

不知經過了多少時間。

埋首書中的我回過神來，只見三味線抓得門板喀喀作響，這表示牠想要出去透透氣的意思。平時門都保持半開以方便三味線出入，大概是老妹下樓時順手關上了吧。

我夾上書籤，幫貓把門打開。三味線一溜煙的跑到走廊上，還回頭道謝似的喵了一聲。然後那張臉順勢往我肩頭凝視著，我也隨著牠的視線向後望去。

除了天花板的角落什麼也沒有，那裡空空如也。

對著天花板的角落瞪大雙眼的三味線，眼睛開始轉動，最後視線落在房子外側的牆壁上。牠眼睛的動向就像是盯著某種我看不見的物體鑽過牆去一樣。

「喂！」

然而三味線只維持了這個動作短短數秒，便邁開腳步漸行漸遠，我的聲音只傳到牠的尾巴上。牠大概是不想讓老妹一個人在廚房吃得太爽，也想去分一杯羹吧。

我帶上門，留一點縫隙給三味線，運轉大腦想為牠剛才的舉動解套。動物常常能注意到人類容易看漏的微小動靜，也會對外頭的聲響有所反應。

只是如果——

要是那裡有什麼三味線看得見而人類卻不可視的透明物體貼在我房間的天花板上，又輕飄飄地穿牆而去的話……

——幽靈存在嗎？

——那是禁止事項。

在數千萬數百萬年前，若是有不以狗而是選擇人類為宿主的資訊生命元素降落地球又會是如何？當時人類並沒有像盧梭那樣的排斥反應，成功地達成共生的可能性絕不為零，而人類因此獲得智慧這樣說會不會過於牽強呢？

這樣一來就能解釋長門的頭頭為什麼會對有機生命體的知性如此詫異了。事實上並不是自己獲得智慧，而是天外飛來的贈禮。

雖說統合思念體對我所假設的現象並未作完善的考察也不太自然，但如果像粒腺體不是一開始就有的細胞器官一樣，曾幾何時體內的精神共生體在太古時代鑽進在當時比猴子高級一點的腦漿，而連綿至今的話就說得過去——

「想太多。」

想那麼多根本就不像我。人類是無法想像超乎自己想像力的，更何況是區區在下我呢。這種莫名其妙的狗屁思考就留給古泉一個人去負責煩惱吧，就像他把外星人的事交給長門去管一樣，就讓我專職擔任耳朵的角色又有何不可。古泉他偶爾露出的那種不可一世的證言本質我也了解，宛如「到時候我可翻臉不認人喔」那樣好心忠告似的一字一句，全都是為了脫罪而鋪的路吧？

抱歉啦古泉，你的不在場證明也要事跡敗露才會有效啊。你那淺薄又老掉牙的藉口對我跟春日來說，可是完全起不了作用啊！

而且，要是古泉因「機關」之類的陰謀而無法行動的時候，我們還留有一張最後的王牌。到時候就只要絞盡腦汁來懇求拜託，就算是不顧顏面磕頭下跪，只要把鶴屋學姊拉進戰局就萬無一失了。有那位開朗的天才學姊的精明手腕在背後笑嘻嘻地推幾把，恐怕「機關」裡頭的精英全都得吃鱉。

要怎麼開始、怎麼反應雖然連我腦汁裡的一立方公厘都還沒用到，不過現在請容我插個但書。

「……果然想太多就不像我了啊——」

算了，我還是作自己就好，我頭殼裡的意識並不為他人所有。It's all mine，我就是我。

所以呢，就算現在才來要回去也早就超過歸還的期限啦！

就在我胡思亂想這些有的沒的時，書桌上的手機開始嗡嗡嗡地震動起來。該不會是要追討預借智慧的討債電話吧，看看螢幕，原來是春日打來的。

「有話快說。」

『阿虛，我忘記一件很重要的事。』

毫無預警地單刀直入正是春日的電話作風。

『Ｊ・Ｊ跟小麥能康復是很好啦，但是為什麼牠們會罹患那種奇怪的心理疾病啊？依我看牠們是看到正牌幽靈所以卡到陰了！』

看吧古泉，知道我為什麼會為了善後而苦惱了吧。這傢伙的腦袋跟常人不一樣。

『大概在我們去那條步道的那個禮拜之前都還在吧，光靠我們唸經還是無法超渡，所以現在大概是變成浮遊靈四處遊蕩去了吧。』

「管他是什麼靈，都祝它脫離苦海早登極樂。」

『所以明天再全員集合一次！這次一定要跟幽靈拍照留念。』

「妳要怎麼跟幽靈勾肩搭背啊？」

『白天應該不會出來吧，我們晚上再去。先找到還在陽世徘徊的幽靈會聚集的地方，然後就快門連發！至少會讓我拍到兩、三張吧。』

春日一廂情願地烙下集合時間後，也不聽我禮拜天的預定行程就逕自把電話給掛了。數秒後其他的團員也必定會接到相同的召集電話，看來明天ＳＯＳ團的蒐奇行動將會變成深夜靈異景點遊覽。

放下手機，我再次環視房間各個角落。

阪中的「靈異故事」，經歷了狗兒的不適，最後在長門的管轄下畫下休止符，之中根本就沒有幽靈介入，對此我和古泉都心知肚明。不過對春日來說，這兩個字花上數小時還是重新回到她的腦海裡。團長殿下這次不向外星某某生命體下手，反而奢望起百分之百的幽靈來了。

總之，翻市內地圖作記號的工作還是拜託古泉接手好了，萬一真的拍到靈異相片，他也能用科學分析唬爛過去。像黑夜裡朝比奈學姊被風聲嚇到兩腿發軟，而依偎在我的懷裡這種苦差事，我只好勉為其難的預定下來啦。

在夜路上魚貫而行，不問地點到處搶拍紀念照的可疑團隊嗎……在他人眼裡，苦尋拍不到的幽靈而徘徊的我們，才真的有紀念價值也說不定。而且天氣也即將回暖，大概到時候用一句「因為春天到了」就能擺平春日吧。要是有什麼萬一，讓朝比奈學姊穿上巫女服誦上幾段般若波羅蜜多心經即可，反正對春日來說都算除靈成功。

就算幽靈真的存在，也不是隨便走幾步就很能遇到一大堆吧。膽大如春日應該也不會想真的撞鬼。

只要觀察春日個一年半載就看得出來。其實她真正愛的不是幽靈本身，而是大家一起尋找幽靈的過程。

不過說實在的，這個嘛，對我來說——

「不用出來也沒關係哦！」

對著三味線看過的角落碎碎唸了幾句，我又回去徜徉書海了。字裡行間充滿了比起我周遭的點點滴滴再普通也不過的現實。

但是，話雖如此，那種現實的現實我可是一點也不羨慕。

至少對現在的我而言啦。

後記

關於書。

前陣子我突然心血來潮打開壁櫥，將收在深處的瓦楞紙箱挖出來一看，裡面裝的是我年輕時買來且看完的書。

順便爆個小八卦，我這個人向來捨不得丟東西，除了一看就知道是垃圾的東西，全都收得好好的。幸好我這個人買東西向來會再三思量才下手，所以紙箱數量不會多到哪去。看到那些隔了十年才重見天日的書封面幾乎都沒變色時，頓時很想誇獎昔日的自己：「喲，你保存得不錯嘛。」

然後，我不禁想到，就是當年閱讀這些書的記憶積存在我現在的腦海中，形成了我現在的思考形態。當然每本書的內容我不可能全都記得，但是當時刻印在腦中的讀後感並未隨歲月蒸發，而是深深沉潛下去，現在也一定在腦海深處飄搖著。

想著想著，我又得出一個結論。那就是閱讀的時機很重要。當年，就是在那個當下讀到那些書，才讓我感動莫名、深受影響；若是換作現在才看，相信感動的程度和影響的深遠都會有所不同吧。

甚至可以說，我過去所看的龐大文章量就像是自己現在創作的文章——包括這篇後記——依然健在的遠祖。缺少其中一本，我想這篇後記也不可能存在。

於是，我滿懷感謝之心再度封好紙箱，決心找個時間再全部重看一遍，將它們放回壁櫥收好。我衷心期盼日後遇到的新書能成為未來的自己的構成要素。

關於貓。

我是個很怕冷的人，搞不好還是一年內穿著冬衣期間最長的人。也因此常被嘲笑，但我總是回答：「搞不好我的前世是隻貓喔。」這樣說好了，姑且不論輪迴轉世的真假與否，假設我的前世真的是貓，同理可推，那隻貓一定也有前世。那麼，前世是北極熊的貓今生究竟是怕熱或怕冷？萬一那隻貓又轉世投胎成企鵝的話會怎樣？投胎轉世是人類的專利嗎？對了，以前電視上常有「動物的前世占卜師」出來露面，前世占卜一度還挺熱門的，不過那種東西我也會分析……想著諸如此類的無聊事情，又過了一天。

關於「戴著『總編輯』臂章的惡魔」。

ＳＯＳ團的成員們若是以文藝社的社員身分活動會如何呢？——寫這部小說的初期階段我就已經有此發想了。再加上很久以前的備忘錄上也寫著「社刊。文藝社活動」這麼一行字與長門有希的無題極短篇已經寫好的提醒，問題是儘管我記得寫過什麼，卻忘了儲存在硬碟的哪個區域，費了好一番工夫才找到。

同時期記下的片斷尚有「終於採取行動的學生會」和「諮詢。電腦研究社。自閉男」和「消失的春日」和「球技大賽」等等，看到時有種莫名的懷念感。其他還寫了各式各樣的提示，只是有的講出來會洩露劇情，有的又是決定塵封的題材，只得在此割愛。我繼續找著深埋在檔案之海裡的片斷，就這麼動動滑鼠又過了一天。哪個好心人能幫我找一下？

關於「犬魔魅影」。

每次我都為了取書名或是篇名煩惱得要命，搜索枯腸的最後，想出來的名稱多是片假名。當中，本篇作品只是用靈光一閃想到的「飄泊之影」直譯成英語篇名，沒有什麼弦外之音。（註：原文篇名直譯是WANDERING SHADOW）

說到這又想到，這是繼《涼宮春日的憂鬱》之後，又一個沒花什麼腦筋就取好的作品名。記得是十秒鐘搞定。不如說是我想不到更時髦的名稱。我寫書向來是不想標題就直接下筆，等寫完了才開始想，無奈我自知欠缺撰寫廣告文案的才華，往往想到最後都得跟時間妥協，隨便想一個交差。哪個好心人能幫我想一下？

就這樣，這一套系列作品名不知所云的作品群也已經出到第八集。本書能順利付梓，全有賴製作流程與流通過程諸位相關人士的牽成，與購買並閱讀拙作的讀者諸君的支持，萬分感激。此外，我也受到小說以外的媒體諸多照顧，謹借此一角致上誠摯的謝意。

那麼，下集見。

谷川　流

國家圖書館出版品預行編目資料

涼宮春日的憤慨 / 谷川流作 ; 王敏娟、吳松諺譯,
——初版.　——臺北市：臺灣國際角川, 2007
〔民96〕面；公分——(Kadokawa fantastic novels)

譯自：涼宮ハルヒの憤慨
ISBN 978-986-174-264-9（平裝）

861.57　　95025071

Kadokawa
Fantastic
Novels

涼宮春日的憤慨

（原著名：涼宮ハルヒの憤慨）

2007年1月30日　初版第1刷發行
2023年12月15日　初版第12刷發行

作　　者：谷川流
插　　畫：いとうのいぢ
譯　　者：王敏娸、吳松諺

發 行 人：台灣角川股份有限公司
總　　監：呂慧君
總 編 輯：蔡佩芬
主　　編：林秀儒
編　　輯：黎夢萍
設計指導：陳晞叡
美術設計：莊捷寧
印　　務：李明修（主任）、張加恩（主任）、張凱棋

發 行 所：台灣角川股份有限公司
地　　址：104台北市中山區松江路223號3樓
電　　話：（02）2515-3000
傳　　真：（02）2515-0033
網　　址：www.kadokawa.com.tw
劃撥帳戶：台灣角川股份有限公司
劃撥帳號：19487412
法律顧問：有澤法律事務所
製　　版：巨茂科技印刷有限公司
ＩＳＢＮ：978-986-174-264-9